für Mariana, Monserrat und Soledad

Herstellung: Libri Books on Demand
ISBN 3-89811-521-6

DER TAUSCHWERT ALS KÜRBIS

VARIATIONEN ÜBER EIN THEMA

DREIZEHN CAPRICCIOS

EMMERICH NYIKOS

„Denn um die Wahrheit zu sagen, war in Yoricks Charakter eine unüberwindliche Abneigung gegen alle Ernsthaftigkeit und Gewichtigkeit; nicht gegen den Ernst als solchen, denn wo dieser am Platze war, konnte niemand durch Tage und Wochen so ernst und gesetzt sein wie er, aber Yorick war ein geschworener Feind des angemaßten und gemachten Ernstes und hatte diesem, soweit er eben darin nichts anderes als einen Deckmantel der Dummheit und Unwissenheit erblickte, offen den Krieg erklärt, wo immer er an ihn geriet und unter welchem Schutz dieser auch stehen mochte, er nahm keine Rücksicht und ließ nur selten Gnade walten."
L. Sterne, Das Leben und die Ansichten Tristram Shandys

„Es ist nicht möglich, an etwas Spott äußerlich anzuhängen, das nicht den Spott seiner selbst, die Ironie über sich, an sich selber hat. Das Komische ist: Mensch, Sache aufzuzeigen, wie es sich in sich selbst auflöst in seinem Aufspreizen."
G. W. F. Hegel, Vorlesungen über die Geschichte der Philosophie

„Wie alle großen Humoristen hat er alles mit todernstem Gesicht vorgebracht."
B. Brecht, Flüchtlingsgespräche

Inhalt

Die Demontage der Narration. Literatur als denarratives Verfahren

1.

Theorie, will sie denn ernst genommen werden, kann nur Fundierung von Praxis sein. Die Praxis, in ihrer gesellschaftlichen Dimension, bescheidet sich aber heute in die geschäftige Bewahrung, die gewissenhafte Verwaltung des Status quo, sie weist über das Gegebene nicht hinaus, sie ist im wahrsten Sinne des Wortes *ideologisch*. Und das kann auch gar nicht viel anders sein. Denn, wie Marx in der „Einleitung zur Kritik der Hegelschen Rechtsphilosophie“ lakonisch bemerkt: „Es genügt nicht, daß der Gedanke zur Verwirklichung drängt, die Wirklichkeit muß sich selbst zum Gedanken drängen.“[1] Die Wirklichkeit aber drängt in unserer Zeit nirgendwo hin, sie verharrt in sich selbst, dreht sich munter im Kreise, sie gibt sich störrisch und ist gänzlich steril: Die bürgerliche Gesellschaft bringt nicht einmal mehr ihre eigenen Totengräber hervor.

2.

So ist die Theorie obsolet, hinfällig, überflüssig geworden: Die Bewahrung des Bestehenden bedarf keiner Fundierung, wenn sie zur Besessenheit aller wird. Das theoretische Denken verliert damit seine ihm eigene Würde, es sinkt zur nichtigen Beschäftigung ab, es verkommt zu einem harmlosen Vergnügen, zu einer akademischen Übung: der Geist der Zeit präsentiert sich als Renaissance der Scholastik.

3.

Literatur im klassischen Sinn „dehnt“ ein implizites Modell der Realität in den Dimensionen des Raums und der Zeit, setzt es um in „Geschehen“, in eine *fiktive* Geschichte, deren *Kon-*

struktion Licht auf den Gegenstand wirft, indem es den Blick de-formiert. Die Narration verarbeitet ebendeswegen Material, das von der Oberfläche der Erscheinungswelt kommt, sie operiert mit Handlungen, Orten, Personen, Charakteren, Gefühlen und Gedanken des Alltags. Nicht über die begriffliche Abstraktion, sondern über „gedehnte" Modelle versucht sie ihren Gegenstand in den Griff zu bekommen.

4.

Nun kann man sich kaum mehr darüber hinwegtäuschen: Die Realität als Erscheinung wird immer trivialer. Die Wirklichkeit in ihrer Oberflächendimension ist dabei, sich der Welt des Comic-strip anzugleichen, die sichtbare Sphäre degeneriert zu einer niedlichen oder schaurigen Bildergeschichte, das Geschehen, die Beziehungen, die Leidenschaften und die Diskurse atmen eine Künstlichkeit, die eines Donald Duck, einer Micky Maus oder eines Superman würdig wäre. Die Tauschwertorientierung, die das Leben beherrscht, bedarf als Gegengewicht der realen Illusion des Gebrauchswerts, einer praktischen Illusion, die über das Profane des kapitalistischen Verwertungsprozesses hinausweist, in der aber alles das *unecht* gerät, was mit dieser Tauschwertorientierung der Natur der Sache nach kollidiert.

5.

Das spezifisch literarische Material erhält so den Beigeschmack von Langeweile, Ermüdung, Peinlichkeit und künstlicher Erregung. Um der Geschmacklosigkeit, die auf diese Weise die Literatur unfehlbar infiziert, zu entgehen, kann man schwerlich umhin, sich *diesem* Material zu verweigern. Das heißt aber auch, daß Literatur im klassischen Sinn, daß sich die *Narration* als impraktikabel erweist, sofern man nicht die Flucht in die Vergangenheit antreten möchte.

6.

Das *reale* Geschehen färbt auf „Geschehen" überhaupt ab: also auch auf die Narration. Der Literatur, will sie denn durch die Charybdis der Abgeschmacktheit und die Skylla der Obsoletheit hindurch, bleibt daher nur, sich gegen *jedes* Geschehen zu wenden, und das wieder heißt: den Modus der Narration aufzugeben. Anstelle der „Dehnung" eines impliziten Modells in der Raumzeit tritt so ein *fiktives* Modell, das, indem es die Wahrnehmung (wie Literatur überhaupt) de-formiert, Licht auf den Gegenstand wirft.

7.

Was tut es zur Sache, wenn sich die Wirklichkeit halsstarrig gibt? Man sollte trotz allem der Versuchung nicht widerstehen, die Versöhnung mit dem Bestehenden wo immer es geht zu behindern, indem man das Gegebene (das innen schon hohl ist) „denunziert" und „vernichtet" (ganz im Sinne der „Einleitung zur Kritik der Hegelschen Rechtsphilosophie"), auch wenn man sich darüber im klaren sein muß, daß man die „versteinerten Verhältnisse" nicht „dadurch zum Tanzen zwingen" kann, „daß man ihnen ihre eigene Melodie vorsingt."[2] Denn der Basilisk ist – erblindet.

Anmerkungen:

1 K. Marx, Zur Kritik der Hegelschen Rechtsphilosophie. Einleitung, in: MEW 1, S. 386.
2 ebd., S. 381.

11

Reise zum Ursprung

„Die Kerzen wuchsen langsam in die Höhe, verloren ihren ausgeschwitzten Behang. Als sie ihre volle Größe erreicht hatten, löschte eine Nonne sie aus, indem sie einen brennenden Span entfernte. Die Dochte warfen die schwarzen Schuppen ab und waren wieder weiß."
A. Carpentier, Reise zum Ursprung

1.

Würde das Weltall kollabieren, so liefe die kosmische Zeit unter der Voraussetzung rückwärts, daß die thermodynamische Unordnung abnimmt. Demgegenüber erscheint die historische Zeit bedingungslos reversibel: Implodiert die Geschichte, dann läuft die Zeit unaufhaltsam zurück. Die Geschichte aber implodiert vor unseren Augen.

2.

Jahrtausendelang ging der Mensch auf die Jagd und sammelte Früchte und Wurzeln: er gefiel sich darin, sich die Gaben der Natur *anzueignen*. Doch dann versiegten die Quellen des Glücks, und es kam die Zeit der Vertreibung. Nichtsahnend sah der Mensch sich gezwungen, das irdische Paradies zu verlassen, um in eine düstere Welt überzuwechseln, in der er sich mühte, die Dinge, deren er zum Überleben bedurfte, dadurch *hervorzubringen*, daß er Samen ausstreute und Tiere domestizierte, auf daß er ein Mehrprodukt schuf, das eine abgehobene Gruppe innerhalb der Gemeinschaft sehr bald nicht verfehlte, sich exklusiv anzueignen.

Generationen von Arbeitern waren in der Folge damit beschäftigt, ein Surplus zu produzieren, dessen Bestimmung es war, von den Fürsten, Prälaten und Grundherrn in Form von *Kleidern, Waffen, Schmuck, Weibern und Wein* verzehrt und verschwendet zu werden oder sich in der Errichtung von

Pyramiden, Palästen, Tempeln und Chinesischen Mauern niederzuschlagen, deren produktiver Nutzen gleichfalls gleich Null war.

3.

Zweifellos hätte auch uns das Schicksal der vorangegangenen Geschlechter ereilt, wäre nicht das Kapital als historische Kraft aufgetreten, um die Welt der Tradition aus den Angeln zu heben. Frech und ungeniert, auf seinen Vorteil bedacht und der Gefahren nicht achtend, als Heros, dessen Lebensgesetz darin besteht, sich selbst zu verwerten, dessen genetischer Impuls sich in der Produktion von Profit, in der Vermehrung des Tauschwerts realisiert, wußte es in einem glücklichen Moment der Geschichte sich des Produktivapparats zu bemächtigen, um mit dem Zauberstab seiner Begierde nach Mehrwert den Reichtum der Gesellschaft wundersam zu vermehren.

Denn ist einmal dem Kapital die Produktion unterworfen, so kann es nicht anders, als einen immer größer werdenden Teil des stets wachsenden Surplus *produktiv* zu verausgaben, nicht zu verzehren, nicht zu verschwenden, nicht dem selbstvergessenen Genuß darzubringen, sondern der nüchtern-profanen Warenproduktion erneut zuzuführen. Denn für das Kapital gilt nur eines: die rastlose Bereicherung, die keine sentimentalen Rücksichten kennt.

Aber nicht nur die Akkumulation, die Rekapitalisierung des Mehrwerts, ist dem kapitalistischen Lebensprozeß inhärent, sondern desgleichen die sich überschlagende Revolutionierung der Produktivkraft der menschlichen Arbeit, das Bestreben, in immer kürzerer Zeit immer mehr Waren zu schaffen, denn dies ist eines der sichersten Mittel, den Mehrwert, um den es ausschließlich geht, zu erhöhen.

4.

Vor Ehrfurcht und Staunen ob dieser erhabenen Wunder respektvoll auf die Knie gesunken, erschaudernd hingestreckt und das Angesicht in den Staub vergraben, übersieht man leider eines dabei: Mit der beständigen Produktivkraftentfaltung verschiebt sich auch beständig das Verhältnis zwischen variablem und konstantem Kapitalteil zugunsten des letzteren, die organische Zusammensetzung nimmt zu, mehr Kapital wird für Maschinen, Anlagen und Ausrüstungen als für die Ware Arbeitskraft ausgelegt, mit dem Erfolg, daß immer weniger „Hände" in der Produktion der Warenwelt absorbiert werden können. Die Akkumulation, die Vermehrung des Kapitals, aber ist nur ein Palliativ: vergrößert sich auch das angewandte Kapital, so nicht in dem Ausmaß, das notwendig wäre, um alle vorhandenen Arbeiter produktiv zu beschäftigen. Der zu akkumulierende Mehrwert unterliegt ja selbst dem Gesetz des zunehmenden Ungleichgewichts zwischen toter und lebendiger Arbeit, sodaß das, was durch die Produktivkraft verlorengeht, durch die Akkumulation nur in ungenügendem Maß kompensiert werden kann.

5.

So werden Arbeitskräfte aus dem Produktionsprozeß ausgeschieden und nicht wieder eingestellt, Arbeitskräfte, die für das kapitalistische System nicht einmal mehr als Reservearmee in Betracht kommen. Sie sind einfach nicht mehr brauchbar, sie sind unnütz, überflüssig geworden, weil an ihre Stelle computerisierte, roboterisierte und automatisierte Produktionskomplexe treten. Was also tun? Soll der Staat sie beschäftigen? Soll er sie anwerben, damit sie Erdlöcher ausheben und zuschütten, oder noch besser: damit sie Felsbrocken einen Hügel hinaufwälzen, um sie anschließend wieder den Berg hinunterrollen zu lassen? Natürlich könnte der Staat diese nutzlosen „Waren" einer Beschäftigung zuführen, wie sinnlos diese auch sein mag; nur müßte er sie dann auch entsprechend bezahlen, und dies kann er nur, wenn er einen nicht unbeträchtlichen Teil des kapitalistischen Surplus via Steuern und Abgaben für die Staatskasse abzweigt oder aber Anleihen aufnimmt, d.h. sich verschuldet.

Zum Leidwesen aller, die an idyllischen Zuständen festhalten wollen, springt sofort in die Augen, daß mit der Verwandlung von Surplus in staatliche Mittel zugleich das Zartgefühl derer verletzt wird, die in erster Instanz dieses Surplus sich aneignen und einen exklusiven Anspruch darauf zu machen sich für berechtigt erachten. Jedermann weiß, daß man sich hier, wo es um Herzensangelegenheiten geht, nur Ärger einhandeln kann. Aber auch die Verschuldung ist kein gangbarer Weg auf die Dauer. Früher oder später wird sie solche Dimensionen erreichen, daß der Staat nicht umhin kann, sie möglichst bald abzubauen.

6.

Unausweichlich schwillt so das Heer der unversehrten Versehrten, der Veteranen vergangener Schlachten, die keine produktiven Kriege mehr führen – von Warenverkäufern, deren einzige verkäufliche Ware, die Arbeitskraft, ihren Gebrauchswert eingebüßt hat, während ein mehr und mehr selbsttätiger Produktionsapparat Reichtümer schafft, die, konsumiert und aus dem gesellschaftlichen Bauch ausgeschieden, sich als Müllberge türmen, Haufen von Müll, die – welche List der Vernunft! – als Nahrungs- und Lebensgrundlage von denen, die gleichsam ins Steinzeitalter zurückversetzt wurden, genutzt werden können. Schon sieht man schweifende Horden in den Städten herumziehen, den Abfall der Gesellschaft durchwühlend, „sammelnd" und „jagend", in den modernen Höhlen der U-Bahnen hausend, zeitgenössische Wildbeuter, die, wie einst ihre Vorfahren, der aneignenden Produktionsweise frönen.

7.

Ein Paradoxon? Die modernste Produktionsweise bringt die primitivste hervor und ernährt sie. Und da, wie wir ahnen, es für die Produktivkraft der menschlichen Arbeit gar kein Halten mehr gibt, bläht sich der archaische Sektor der bürgerlichen Gesellschaft immer mehr auf, theoretisch bis zu dem Punkt, wo die Klasse, die dem Kapital ihr Dasein und auch ihr Ende verdankt, dem Wildbeutertum in ihrer Gesamtheit anheimfällt. Denn in der Tat würde in einem vollständig automatisierten Produktionssystem ein einziger Arbeiter hinreichen.

Wird die lebendige Arbeit durch die vergangene auf diese Weise verdrängt, so würde die Bourgeoisie, diese Handvoll Aktionäre mit ihrem Gefolge aus Managern, Gelehrten, Parlamentariern, Werbefachleuten und was der unproduktiven Arbeiter noch mehr sind, den konsumtiven Anforderungen einer Produktionskapazität nicht mehr genügen, die ins Unermeßliche wächst, selbst wenn sie mehr denn je unproduktive Ausgaben tätigen würde, Ausgaben, die an sich unnötig sind, die aber der Eitelkeit der Bourgeoisie schmeicheln. Akkumulation würde dann wirklich nur mehr bedeuten: Produktionsanlagen zu schaffen, nur um neue Produktionsanlagen errichten zu können, ein Unterfangen, dessen Witzlosigkeit hinreichen würde, der Akkumulation und dem Tauschwert den Gnadenstoß zu versetzen. Was aber dann sein wird, das bleibt ein Geheimnis, denn die Geschichte als nicht-linearer Prozeß kann auch dann, läuft sie invers ab, nicht vorausgesagt werden.

Marx und Coca Cola

„Der naturgemäße Reichtum ist begrenzt und leicht zu beschaffen, der durch eitles Meinen erstrebte läuft dagegen ins Grenzenlose aus."
Epikur, Hauptlehrsatz XV

1.

Es ist das harte Los des Gebrauchswerts, kaum ins Leben getreten, auch schon vernichtet zu werden. Welch trauriges Schicksal, das er mit allen endlichen Dingen zu teilen verdammt ist, von denen gesagt wird, daß die Stunde ihrer Geburt die Stunde ihres Todes bedeutet! Vernichtet aber wird der Gebrauchswert im Akt des Konsums.

Dieser ist auf den ersten Blick zweifacher Art: Während im Arbeitsprozeß Gebrauchswerte produktiv aufgezehrt werden, aus Gütern sich in neue Güter verwandeln, erfolgt ihr Verzehr im Lebensprozeß konsumtiv, auf den Genuß ausgerichtet.

In dem Maße jedoch, in dem sich das Kapital den Produktionsprozeß unterwirft, tritt der rastlose Tauschwert, dessen Substanz die Arbeitszeit ist, mehr und mehr in den Vordergrund, um den Gebrauchswert in den Hintergrund zu verdrängen, dem nur mehr die bescheidene Aufgabe zufällt, zuallererst Träger des Tauschwerts zu sein. Das Kapital produziert, nicht um konsumierbaren Reichtum zu schaffen, es schafft konsumierbaren Reichtum vielmehr, um sich selbst zu verwerten: die Verwertung des Werts ist die einzige Lust, die es sich in seiner Askese erlaubt. Und es verwertet sich selbst, indem es Arbeitskraft einsaugt, diese besondere Ware, dessen Gebrauchswert für den kapitalistischen Privateigentümer in der Produktion von Tauschwert besteht, um die Differenz zwischen dem, was die Produktion der Arbeitskraft an Arbeitszeit kostet, und andrerseits dem, was sie selbst an Arbeitszeit einbringt, in der Form des Profits anzueignen.

Somit vertauschen produktiver und konsumtiver Konsum ihre theatralischen Masken: Während im Arbeitsprozeß nunmehr Gebrauchswerte im Hinblick auf den Genuß, die Verwertung des

Werts, aufgezehrt werden, muß das Arbeitsvermögen, das nur mehr als Ware Daseinsberechtigung hat, im Akt des Konsums stets von neuem als verkaufbare Ware mühsam wiederhergestellt werden.

2.

Als Ware besitzt das Arbeitsvermögen, wie jede andere Ware, Gebrauchswert und Wert: Sein Wert wird ersetzt durch den Lohn, Geld, das für den Ankauf von Lebensmitteln bestimmt ist, die zugleich Produktionsmittel der Arbeitskraft sind; sein Gebrauchswert dagegen, die Tauschwert schaffende Kraft, wird vom Kapital sich zu eigen gemacht und im Akt der Produktion konsumiert, indem es die Arbeitskraft mit toter Arbeit verbindet und sie im Sinne der Mehrwertgewinnung betätigen läßt. Da nun die Mehrwertgewinnung keine anderen Rücksichten kennt als die Vermehrung des Tauschwerts und diese Vermehrung abhängig ist von der Teilung der Arbeit, ihrer Zerstückelung und Zerlegung, ihrer Entleerung von jeglichem Inhalt, ihrer brutalen Subsumption unter die Große Maschinerie, die sie zu einem bloßen Zubehör macht, stellt sich die Betätigung des Arbeitsvermögens, die Verausgabung von Lebenskraft ist, zugleich dar als *Verlust* von Lebenssubstanz, die für den Arbeiter unwiederbringlich dahin ist, da sie sich nicht in kreativer Betätigung konkretisiert.

Nicht muß daher im Lebensprozeß jenseits der Produktion der Arbeiter nur seine Arbeitskraft reproduzieren, um sie erneut verkaufen zu können, er muß auch diesen Verlust von Lebenssubstanz, von Zeit, die sich ihm als Fremdes entzieht, kompensieren: Er ist auf Gedeih und Verderben gezwungen, dieser „Entfremdung" entgegenzutreten, um sich selbst nicht als Mensch zu verlieren.

3.

Wie aber soll er das tun? Was er im Austausch für sein Arbeitsvermögen erhält, ist Salair, Lohn, nichts weiter als Geld: *abstrakter* Reichtum, der an sich, unfähig, sich selbst zu verwerten, bedeutungslos ist. Abstrakter Reichtum kann nur in

Waren umgesetzt werden. So bleibt dem Arbeiter nur, den Verlust von Lebenssubstanz durch Kauf wettzumachen: durch Ankauf von Waren, von leblosen Dingen, die dennoch den Anschein von Leben erwecken, da sie *gebraucht, benutzt* werden können und so den Gebraucher im Gebrauch aktivieren. – Das Werden wird durch das Haben ersetzt, das bloß ein *phantasmagorisches* Werden vorzugaukeln vermag.

Wie der sich selbst verwertende Wert nun aber gleichgültig ist gegen den Gebrauchswert der Waren, so nicht minder die entfremdete Arbeit: sind doch die Palliativa, welche immer sie wählt, nicht in der Lage, das Übel angemessen zu heilen, sodaß es ganz einerlei ist, welchen sie sich schlußendlich hingibt. In welchen Waren sich der Sinn des Habens realisiert, ist vorerst belanglos, wie es für die Seelen der Katharer von Montaillou keinen Unterschied macht, in welchen Körper sie fahren, wenn sie das alte Zuhause verlassen, den Leichnam, der der Seele seine Dienste versagt: es mag ein Hund, es mag eine Katze, es mag auch ein Mensch sein, nur muß es blitzartig gehen.

Aber noch mehr: Da Kompensation und Verlust sich zueinander als inkommensurable Größen verhalten, kann Qualität nur durch Quantität wettgemacht werden. Aus diesem Grunde verwundert es nicht, wenn der Sinn des Habens sich als maßlos erweist.

4.

Diese Tendenz, immer mehr Waren zu kaufen, stößt jedoch an die Grenzen des Lohns. Da der Wert des Arbeitsvermögens bestimmt ist durch das Quantum an Mitteln zum Leben, die notwendig sind, die Arbeitskraft *im Hinblick auf den Wiedereintritt in den kapitalistischen Verwertungsprozeß* zu erneuern, den Gebrauchswert der Arbeitskraft, die Kraft, Tauschwert zu schaffen, die sich im Produktionsakt verliert, erneut herzustellen, beschränkt sich der Lohn auf gerade die Summe, die zum Ankauf dieser Lebensmittel erheischt ist – nicht mehr und nicht weniger, so bitter es sein mag.

Hier ergibt sich eine peinliche Lage: Das Kapital, nicht bereit, irgendeine Ware über ihrem Wert zu bezahlen, vernichtet

Lebenssubstanz, weigert sich aber, diesen Verlust, wenn auch nur bruchstückhaft, zu vergüten. Es beraubt das Subjekt selbst des unvollkommensten Trostes.

Als Ausweg bleibt daher nur *imaginärer* Konsum: die Vermehrung der Waren durch Intensivierung ihrer Verwendung. Waren sind nun nicht mehr nur Güter, deren Gebrauchswert ein spezifisches Bedürfnis befriedigt, sie ordnen sich jetzt auch Bedürfnissen unter, die man eigens für jene ersinnt. Nicht mehr das Bedürfnis schafft sich Gebrauchsgüter, sondern zu jedem Gebrauchsgut werden neue Gebrauchsweisen erdacht und erfunden. So vermehrt sich der Fonds der käuflichen Waren, wundersamer als Fische und Brot, dadurch auf einfache Weise, daß er *intensiver* gebraucht wird. – Auch hier schafft somit die Einbildung das, was der Gesellschaft versagt bleiben würde, besäße sie nicht die glückliche Gabe, sich über sich selbst Illusionen zu machen.

Der Pyrrhussieg der Hände

„Die kapitalistische Produktion entwickelt daher nur die Technik und Kombination des gesellschaftlichen Produktionsprozesses, indem sie die Springquellen alles Reichtums untergräbt: die Erde und den Arbeiter."
Marx, Das Kapital I

1.

Anstatt daß in der Gesellschaft der Bürger die lebendige Arbeit die tote beherrscht, beherrscht die tote die lebendige Arbeit. Nur wenn letztere stirbt, kann sie Macht über das Leben gewinnen, den Lebensprozeß sich selbst unterwerfen. Ihr einziger Trost ist daher, im Akt der Produktion, unter Schmerzen geboren, sogleich abzusterben, sich in tote Arbeit verwandelnd, die aus der Gruft der Fabriken ihre Fangarme ausstreckt, um sich den Nährstoff, lebendige Arbeit, einzuverleiben, der allein sie als tote Arbeit erhält und ihr Wachstum befördert.

In den Anfangsphasen der kapitalistischen Produktion, solange die Mittel zur Arbeit, der in Geräten, Maschinen und Apparaturen vergegenständlichte Tauschwert, gegenüber dem zirkulierenden Tauschwert, dem Arbeitsmaterial und dem Lohnfonds, noch zwerghafte Dimensionen besitzen, ist der Hunger nach Arbeit gewaltig: Jede Welle der Akkumulation, der Rekapitalisierung des Mehrwerts, reißt neue Schichten von Produzenten hinein in das Totenreich des triumphierenden Tauschwerts.

Der Gradmesser jedoch des Gedeihens und Blühens der toten Arbeitssubstanz ist nicht die Zahl derer, die dem Tauschwert-Moloch ihre Arbeitskraft opfern, sondern das Quantum an Arbeit, das die Arbeiter liefern. Und dieses ist, wenn sonst alles gleich bleibt, umso voluminöser, je länger sie im Arbeitsprozeß festgesetzt sind. Das Bestreben der Dirigenten des Arbeitsprozesses geht also dahin, die Arbeitszeit bis an die Grenzen des natürlichen Tages zu dehnen: der Schlaf ist vorerst der gewaltigste Gegner des Mehrwerts.

Während so der Surpluswert absolut wächst, ist der Tauschwert mit gleichem Eifer bemüht, ihn auch relativ wachsen zu lassen, indem er sich weigert, mehr von sich als Äquivalent für das Arbeitsvermögen zu geben, als dieses an vergegenständlichter Arbeit enthält. Und in dem Maße, wie der Tauschwert des Arbeitsvermögens sich durch das Wachstum der Produktivkraft der Arbeit vermindert, fällt vom Produkt, in dem sich die Arbeit konkretisiert, ein immer geringeres Quantum in die Hände der Produzenten des Reichtums: der Fonds, aus dem sich die Arbeitskräfte erhalten, tendiert auf ein Minimum hin.

Schließlich zählt für den sich selbst verwertenden Wert nur die Größe des Mehrwerts; wie dieser entsteht, ist dem Kapital voll und ganz einerlei, umso mehr als die Qual des Arbeitsprozesses nicht die Qual dessen ist, der den Verwertungsprozeß kommandiert. Jeder Aufwand, der der Bequemlichkeit oder dem Schutz des Arbeiters dient, ist für den Tauschwert Verschwendung. Wo er nur kann, spart er daher, um die toten Kosten in engste Grenzen zu bannen.

2.

Das Kapital, diese Maschine, die der Natur lustvoll das Siegel menschlicher Tätigkeit einprägt, unterminiert, indem es Arbeit in Tauschwert verwandelt, damit aber auch das Arbeitsvermögen, die einzige Quelle des Tauschwerts. Die „Hände" als Träger dieses Vermögens, durch Überlastung, Entbehrung und Qualen gezeichnet, welken dahin, fahle Gestalten, deren Geschlecht degeneriert und entkräftet sich anschickt, wie ein flackerndes Licht zu verlöschen. Der Bereicherungstrieb untergräbt – in seiner Maßlosigkeit – die Bereicherung selbst. Das Kapital verurteilt sich selbst zu elendem Hungertode, indem es bei der Nahrungsaufnahme mit dem nährenden Stoff zugleich die Nährstoffbasis vernichtet.

Wer aber sollte dem kläglichen Tode, den keiner wünscht und dennoch alle herbeiführen, Einhalt gebieten? Nur der Staat, als volonté générale der vereinzelten kapitalistischen Exploiteure, vermag dies zu tun. Besorgt um das Schicksal der Mehrwertgewinnung, sei dies nun innerhalb oder jenseits der Grenzen (da auch die Körper-Substanz des Heeres bedroht ist), zögert er nicht, dem Kapital Grenzen zu setzen, indem er in die Sphäre der Produktion als despotischer Machthaber eingreift, und dies umso mehr, als er dazu auch von den Arbeitern selbst, sobald sie sich organisieren, gedrängt wird, nicht mehr bereit, ihre Arbeitskraft zu verschenken und zugrunde richten zu lassen. So verbessert sich dadurch, daß der Staat die Arbeitszeit reguliert, Versicherungsanstalten gründet, Mindestlöhne fixiert und auch den Arbeitsprozeß gesetzlichen Normen verpflichtet, Schritt für Schritt ihre Lage.

3.

Das alles kann aber nichts daran ändern, daß die Arbeiterklasse der kapitalistischen Weise der Produktion, dem Privateigentum, feindlich gesinnt ist. Denn Krisen und Kriegsniederlagen, diese Unpäßlichkeiten maßloser Mehrwertgewinnung, arbeiten trotzig der Versöhnung entgegen, indem sie die Arbeiter stets von neuem aus dem Gleichgewicht, das nur ein labiles ist, werfen, während die Unpäßlichkeiten, als conditio sine qua non rebellischen Geistes, der die ganze Gesellschaft erfaßt, zugleich die Handhabe bieten, das System der Mehrwertgewinnung zu stürzen. Und in der Tat, der Geist, der verneint, versetzte die Bourgeoisie immer wieder in Schrecken.

Zweimal befand sich der Tauschwert am Rande des Abgrunds; zweimal wurde die Chance verpaßt, ihn zu stürzen. Ein drittes Mal, wenn das System der Mehrwertgewinnung sich in dem Ausmaß zerrüttet, wie es in den beiden Konfusionen zuvor verheert worden war – dessen war sich das Personal des Staates bewußt –, würde der Tauschwert, wie einstmals Karthago, den unvermeidlichen Ansturm der revoltierenden Massen nicht überleben. Dem Kapital als Gesamtkapital, dem Staat der Bourgeoisie, blieb deshalb kein anderer Ausweg, als sich als so radikal, wie es das System nur erlaubt, zu gebärden, d.h. sich zu einer Instanz aufzuwerfen, die zuallererst das *Überleben* des Tauschwerts, die Vermeidung von Krisen – koste es auch, was es wolle – zu ihrem Lebenssinn machte. Und indem die diffuse Bereitschaft des Staates zu intervenieren durch die Arbeiterklasse, die auf volle Beschäftigung drang, die nur der Staat zu sichern vermag, sowie das Projekt, die abtrünnigen Länder der Peripherie durch Rüstungsausgaben in die kapitalistische Welt heimzuholen, in konkrete Bahnen gelenkt und mit besonderem Inhalt angefüllt wurde – sich als Absorption von kapitalistischem Surplus via Steuern und Abgaben und dessen unproduktive Verschwendung manifestierte –, gelang es, den Konjunkturverlauf tatsächlich zu glätten: Die glorreiche Ära der Prosperität und Stabilität des an sich Instabilen brach unverhofft an und sollte jahrzehntelang dauern.

4.

Und da so der äußere Druck für die Arbeiter wegfällt, der sie einst immer wieder zu kollektivem Verhalten ermahnte, privatisieren sie sich, ziehen sich in die Privatheit zurück, allwo sie bürgerliche Verhaltensmodelle kopieren, die mit Klassenbewußtsein nicht zu vereinbaren sind. Denn das Denken darf niemals mit dem, was man tut, kollidieren, will das Subjekt nicht sogleich aus dem moralischen Gleichgewicht fallen. So verflüchtigt sich das Bewußtsein der Klasse, löst sich allmählich auf, um in den Schriften unbelehrbarer Denker ein Schattendasein zu fristen.

Zugleich wurde aber damit die Herrschaft des kapitalistischen Tauschwerts auf ewig besiegelt. Denn unter der Hand, im Schatten der sekularen Prosperität und Stabilität, wurde die *objektivierte*, in der Produktionsweise selbst vergegenständlichte Basis des Klassenbewußtseins vernichtet: die Große Fabrik, die, durch das menschliche Wissen in einen Automaten verzaubert, mehr und mehr zu einem von „Händen" entleerten Produktionsapparat wird, während der Dienstleistungssektor und Formen der Heimarbeit via Bildschirm kräftig an Umfang gewinnen. Atomisiert, wie sie sind, finden die Arbeitskräfte nie mehr zu einem wahrhaft kollektiven Verhalten.

5.

Das Kapital hat nur das eine im Auge: die maximale Vermehrung des Tauschwerts. Das bewerkstelligt es auf zweierlei

Weise: zum einen dadurch, daß es die Produktivkraft der Arbeit entfesselt, und zum andern dadurch, daß es Mehrwert akkumuliert. Auf welchem Weg aber dies auch immer geschieht, stets wird die Masse der Güter vergrößert, die Vermehrung des Tauschwerts ist gleichbedeutend mit „Wachstum" – sei es des Produktionsapparats, sei es der Mittel zum Leben.

Die Produktionskräfte aber, harmlos an sich, sofern sie selektiv eingesetzt werden, entschleiern sich unter der Herrschaft des Tauschwerts, intensiv hier, extensiv da potenziert, zu Kräften der Destruktion: Ihre Kraft ist so groß, daß sie nicht nur Überfluß schaffen, sondern zugleich die natürliche Basis des Lebens unterminieren, sei es, daß Produktion und Konsum Luft, Erde und Wasser verseuchen, mit unabsehbaren Folgen für Klima, Atmosphäre, Flora und Fauna, sei es, daß sich Ressourcen erschöpfen, die sich als nicht oder nur schwer substituierbar erweisen, sei es schlußendlich, daß die Müllberge wachsen, der Abfall der produktiven und konsumtiven Konsumtion, der seinerseits droht, die Menschheit unter sich zu begraben.

6.

Freilich ist man sich dessen schon lange bewußt und bemüht sich, die Flut einzudämmen. Doch alles Bemühen wird durch das „Wachstum", dessen die Gesellschaft der Bürger bedarf, um nicht im Sumpf der Depression zu versinken, auf das störendste konterkariert: Senkt man auch den Ausstoß an Schadstoff pro Einheit, so hilft das offenbar nichts, wenn die Einheiten vervielfältigt werden.

Doch das wäre vielleicht nicht so schlimm. Schlimmer noch ist, daß, um die Umwelt vor Schaden prophylaktisch zu schützen oder verursachten Schaden reparieren zu können, man Ausgaben tätigen muß; da aber diese für niemanden unmittelbar sich als Gebrauchswerte darstellen, es sei denn für die, welche noch nicht geboren, stehen nur zwei Wege frei: entweder der Staat zwingt den Bürgern Ausgaben auf oder er tätigt sie selbst. Im ersteren Fall fliehen die Großen Konzerne einfach anderswohin, auf welche Weise nun das, was *dort* der Zerstörung anheimfällt, das umso sicherer aufwiegt, was man glaubt, *hier* zu retten; im anderen Fall kann der Staat sich die Mittel nur über das Einkassieren von Mehrwert, über Steuern und Abgaben sichern, ein Schildbürgerstreich, der auf die erbitterte Abwehr der Kapitaleigner stößt; und andererseits findet der Kostenaufwand für die Umwelt im Staatsdefizit sehr schnell seine unüberwindlichen Grenzen.

Ex luce tenebrae: Dadurch, daß die Arbeiterklasse der ägyptischen Knechtschaft entkam, hat sie die vom Tauschwert beherrschte Gesellschaft am Leben erhalten, die – zum Dank – nicht verfehlt, das Leben selbst zu zerstören.

Der Surpluswert als Milde Gabe

„Sehet also dahin, daß sie keine Ursache mehr haben, über euch zu klagen, sondern daß sie euch vielmehr in Ehren halten und lieben, zumal da sie mit so wenigem zufrieden wären und eine Gabe, wovon ihr den Mangel nicht einmal fühlt, die aber ihnen im Augenblicke des Bedürfnisses zukäme, euch ihre Dankbarkeit auf ewig verbinden würde."
Lukian, Saturnalische Verhandlungen

1.

Robin Hood und all die anderen Sozialbanditen, die überall auf der Welt (von England bis China und darüber hinaus) in den undurchdringlichen Wäldern, im dichten Gestrüpp ausgedörrter sertãos, in den unwegsamen Berggegenden fernab von jeglicher Zivilisation, in allen von den sieben Plagen heimgesuchten Landstrichen der Erde ihr Unwesen trieben, beraubten die Reichen, um die Armen beschenken zu können. Nun gibt und gab es auch andere Räuber, die die Armen berauben und die Armen beschenken. Dieses Phänomen ist gleichfalls weltweit verbreitet, ja scheint ein Grundzug der Menschheitsgeschichte seit der Spaltung der Gesellschaft in Klassen zu sein. Bekannt ist es unter dem Namen: „Vergabe von Almosen".

2.

Seit der Ablösung der aneignenden durch die hervorbringende Produktionsweise, ein Prozeß, der vielleicht vor 12000 Jahren eingesetzt hat und den man als „neolithische Revolution" zu bezeichnen pflegte – eine Revolution der Produktionsgrundlagen, die das Sammeln und Jagen durch Ackerbau und Viehzucht ersetzte –, steht es in der Macht all der Gesellschaften, die diese fundamentale Umwälzung durchgemacht haben, ein nennenswertes Mehrprodukt zu erzielen, d.h. einen Überschuß über die Menge an Gegenständen hinaus, die die unmittelbaren Produzenten (auf produktive oder konsumtive Weise) verzehren. Dieses Mehrprodukt, an sich ohne Wert, da es, unter alle verteilt, fast spurlos verschwände, gewinnt an Bedeutung als Lebensgrundlage einer Klasse von müßigen Nicht-Produzenten, die es für Feste und Prunk, den Bau von Palästen und Tempeln, für Kunst und Kriege verschwenden, um sich so die Zeit zu vertreiben, über die sie durch die Freisetzung vom Arbeitsprozeß reichlich verfügen. Ohne ein solches Mehrprodukt (ohne die produktiven Voraussetzungen seiner Erzeugung) wäre die Gesellschaft dazu verdammt, egalitär und friedlich zu sein; mit einem solchen ist die Basis der Klassenspaltung gegeben, d.h. der exklusiven Aneignung des Überschusses der durch Arbeit gewonnenen Dinge durch eine Gruppe innerhalb der Gesellschaft, die auf je spezifische Weise Kontrolle über die Mittel zur Produktion – inklusive Luft, Erde und Wasser – sowie die menschliche Arbeitskraft ausübt.

3.

Diese Spaltung in Klassen gründet unter anderem darauf, daß nicht nur die Produktionsmittel, der Boden, die Werkstatt und die diversen Geräte, sondern desgleichen die Arbeiter selbst – als Sklaven – unter das Privateigentum subsumiert sind, auch etwa darauf, daß eine besondere Schicht von „Aristokraten" sich des Obereigentums an sämtlichen Ländereien versichert, am Grund und Boden einer Gesellschaft, mit welchem die, die die Früchte der Erde säen und ernten, so fest verwachsen sind – nicht anders als die Bäume, Blumen und Sträucher –, daß daraus mannigfaltige Formen der „Unfreiheit" resultieren, die sie zu Lieferanten von Mehrarbeit prädestiniert, oder aber auch darauf, daß den Arbeitern, die man ihrer Produktions- und Lebensmittel beraubt hat, gar keine andere Wahl bleibt, als ihre Arbeitskraft an entrepreneurs zu verkaufen, d.h. an die, denen wir den glücklichen Einfall verdanken, den gegenständlichen Reichtum als Kapital von der Arbeit zu sondern, was sie in die Lage versetzt, sich den Surpluswert kostenlos anzueignen.

Gemeinsam ist all diesen Formen, daß, je größer das Mehrprodukt ist, dessen sich die herrschende Klasse bemächtigt, desto geringer der Anteil am Gesamtprodukt sein wird, der den Arbeitern zufällt; und daß in dem Maße, wie die Ansprüche der ersteren wachsen, die Wahrscheinlichkeit zunimmt, daß durch diese Begierde eine stets größer werdende Anzahl der letzteren dem Elend anheimfällt, manchmal sogar der Mittel beraubt wird, ein auch nur kärgliches Leben zu fristen.

4.

Man wird mit Leichtigkeit einsehen, daß, wenn das Elend ein der Friedfertigkeit der Gesellschaft erträgliches Maß übersteigt, es für die besitzende Klasse als ratsam erscheint, dem entgegenzusteuern. Das ist mitunter ganz einfach, denn es genügt, wenn sie einen verschwindenden Teil von den Werten, die sie zuvor aus den unteren Klassen herausgepreßt hat, in Form von Almosen denen zurückgibt, die durch sie aus der Gleisbahn geworfen, sei es, daß diese Vergabe informellen Charakter besitzt (als private Wohltätigkeit), sei es, daß sich Institutionen der Mildtätigkeit (wie die Kirche zum Beispiel oder die staatliche Pflege der Armen) dieser Aufgabe annehmen, Apparate der Wohlfahrt, auf die man die Sorge um das Wohlergehen der Armen in manchen Zeiten ganz überträgt.

Dieses System der Almosenvergabe (das, mit der Unterwerfung der Welt unter das kapitalistische Zentrum, mehr und mehr globalen Charakter erhält) besitzt, wie leicht nachzuvollziehen, einen doppelten Vorzug: erstens gibt es den unteren Klassen den Glauben an die Menschheit zurück und zweitens dient es zur Steigerung des Selbstwertgefühls der Elite. Alles ist auf das beste bestellt: anstelle von Haß, Hader und Neid treten Dank und Anhänglichkeit, an die Stelle des schlechten Gewissens das gleißende Licht des Wohltätertums, ein funkelnder Lichtstrahl, der auch nicht dadurch getrübt werden kann, daß die Aufwendungen, die die besitzende Klasse für die nicht-besitzende tätigt, den persönlichen Reichtum vermehrt – sofern sie von der Steuer absetzbar sind.

Die Wiederkehr des Großen Haufens

„Auf unserer unseligen Erde ist es unmöglich, daß die in Gemeinschaft lebenden Menschen sich nicht in zwei Klassen spalten, in die Klasse der Reichen, welche befehlen, und in die Klasse der Armen, welche dienen. ... Das Menschengeschlecht kann, so wie es ist, nur bestehen, wenn es eine sehr große Anzahl brauchbarer Menschen gibt, die überhaupt nichts besitzen ..."
Voltaire, Philosophisches Wörterbuch

1.

Die subversiven Verfasser des enzyklopädischen Manifests der Bourgeoisie, die *philosophes* des „Jahrhunderts des Lichts", all die Parteigänger der Vernunft und der Tugend, denen es um die Vernichtung der traditionellen Gesellschaft mit ihrem Aberglauben und ihren Lastern zu tun war, sie alle, fast ohne Ausnahme, legten eine unüberwindliche Abscheu vor der städtischen Plebs an den Tag, eine fast pathologische Aversion, zu der sie sich, wie Voltaire, bisweilen auch offen bekannten. Wollten sie auch die Volksmassen *aufklären*, so schauderten sie doch jedesmal angewidert zurück, wenn sich das *Volk* aus einem abstrakten Begriff zu einer *Menge* konkretisierte, periodisch zusammenlief, der einen oder anderen Hinrichtung beiwohnte, die sie als Schauspiel, als Belustigung wahrnahm, sich klerikalen Umzügen anschloß, Prozessionen mit ihren Fahnen und schwankenden Heiligenbildern, den mahnenden, verführenden und schmeichelnden Worten der Priester ergriffen und aufmerksam lauschte und sich an Festtagen Vergnügungen hingab, deren Ungeschlachtheit, Ausschweifung und Maßlosigkeit den Philosophen der Bourgeoisie ein Greuel sein mußte.

Die Verachtung, die die Intelligenz für die Volksmassen hegte, war demnach groß, und sie erwies sich denn auch als, in der Tat, wohlbegründet: die offenkundige Engstirnigkeit, die Begrenztheit des Horizonts, die Fixiertheit auf das Gegebene, die Leichtgläubigkeit, mit der die Menge Gerüchte und Wunder aufzunehmen bereit war, die Vergnügungssucht und die nie zu stillende Schaulust machten sie für die Herrschenden, den Staat und die Kaste der Priester zu einem leicht manövrierbaren Faktor, zu einer *qualité négligeable*, zu einem harmlosen Spielball im Kalkül der Mächtigen der vormodernen Gesellschaft.

Daran änderte nichts, daß Tumulte, Krawalle und Aufruhr sich auf der Tagesordnung des Lebens der Städte befanden, immer wiederkehrende, durch das plötzliche Steigen der Preise, Knappheit an Nahrung oder mysteriöse Gerüchte ausgelöste Revolten der unteren Klassen, Ausbrüche der Leidenschaft und des Zorns, die sich anließen, als würden sie wie aus heiterem Himmel die Ordnung der Dinge erschüttern, die dennoch keinen Augenblick wankte, da die Aktionen der Menge in ihrer grenzenlosen Beschränktheit, weit von der Drohung entfernt, bis in die Eingeweide des gesellschaftlichen Körpers zu dringen, lediglich dessen Haut zu ritzen vermochten.

So konnte die Elite sich stets durch das Bewußtsein beruhigen, daß *unkontrollierte Revolten sich selten von längerer Dauer erweisen und noch seltener sich gegen die Struktur des etablierten Reichtums und der Macht der Besitzenden richten.* Ebendeswegen auch betrachtete die herrschende Klasse die Menge zwar als lästigen, aber im Grunde harmlosen Popanz: Denn *da bei solchem Aufruhr nichts auf dem Spiel stand außer einem gewissen Quantum des Eigentums, das ein reiches Land wohl zu ersetzen wußte, war die allgemeine Haltung bei den oberen Klassen phlegmatisch, wenn nicht sogar bisweilen zufrieden.*

2.

Das sollte sich radikal ändern, als mit dem Vormarsch des Kapitals in die Sphäre der Produktion, der Unterwerfung des Produktivapparats unter das gleichsam religiöse Gebot der Maximierung des Tauschwerts, eine Klasse von *labouring poor*, von Lohnempfängern entstand, die, in den ratternden und in Rauchschwaden eingehüllten Fabrikmetropolen auf engstem Raume zusammengeballt, von den Großen Fabriken frühmorgens geschluckt und spätabends ausgespien, zur Kooperation auf großer Stufenleiter gezwungen und durch das keinerlei Launen duldende Regiment der Maschinerie diszipliniert, auf ganz natürlichem Wege zum Zusammenschluß, zur Vereinigung, zu gemeinsamem Vorgehen fanden, während die faktische Vergesellschaftung der Produktion die Vorstellung nährte, daß, was der Kooperation aller bedarf, nicht privater, sondern kollektiver Kontrolle unterstellt werden sollte.

3.

So formte sich nach und nach eine „Klasse für sich", auf steinigen Umwegen zwar, nicht bruchlos und nicht ohne Rückschläge, eine Klasse jedoch, die, getrieben durch die Lebensumstände, die Misere der Existenz, sich nicht nur dem Umsturz der bestehenden Ordnung verschrieb (oder doch sich dafür mehr als offen erwies), sondern für dieses gewaltige Werk auch die Anlagen mitbrachte – Disziplin, Gemeingeist und Organisiertheit –, an denen es, wie wir sahen, den unteren Klassen früherer Zeiten gebrach. Bisweilen abgelenkt, irritiert, verwirrt und betrogen, nahm sie doch immer wieder die Fundamente der Festung der Bourgeoisie, das Privateigentum, ins Visier ihrer schweren Geschütze und setzte es Angriffen aus, die niemals verfehlten, den herrschenden Klassen überall auf der Welt panische Furcht einzujagen. Kein Zufall ist es daher, daß die für die Zeichen der Zeit stets sensiblen Künstler und Denker, die angesichts des blutleeren und hündischen Schachers ihrerseits nach Veränderung strebten, sich in Scharen mit dieser Klasse verbanden und in ihr, ganz im Unterschied zu ihren philosophischen Ahnen, den Demiurgen und das Subjekt der modernen Geschichte erahnten.

4.

Der Traum vom Umsturz währte aber nicht lange. Sei es, daß jeder und alles korrumpiert werden kann (wenn nur der Preis hoch genug ist), sei es, daß man historische Chancen ungenützt verstreichen hat lassen (wie nach dem ersten Weltkrieg in Deutschland), sei es, daß der Traum nur ein Traum war – wie dem auch sei: der Umsturz der Ordnung blieb aus, während unter der Hand – unter dem Schutzschild jahrzehntelanger Prosperität und Stabilität – Veränderungen Platz greifen sollten, die die objektiven Grundlagen des Klassenbewußtseins allmählich unterminierten und schließlich gänzlich dem Untergang preisgaben: Das nicht zu bremsende Streben nach Modernisierung der Produktion, das Überflügeln des sekundären durch den Dienstleistungssektor, die Verkürzung der Arbeitszeit, die die Lohnarbeit mehr und mehr aus dem Zentrum des Lebenszusammenhanges verdrängte, und jetzt vor unseren Augen die Computerisierung des Arbeitsprozesses und damit das mutmaßlich immer massivere Auftreten von Heimarbeit in klassischer Form, wenn auch mit anderem Inhalt – das alles und vieles andere mehr hätte auch dann, wenn das Gegengewicht auf Hegemonie orientierter Diskurse weit weniger Ohnmacht an den Tag gelegt hätte, dazu geführt, die Klasse der Lohnempfänger (die nach wie vor eine „Klasse an sich" ist) zu atomisieren, sie zu zerreiben, sie in Partikel zu splittern, mit dem Erfolg, daß das Klassenbewußtsein nur mehr im Museum der Altertümer bestaunt werden kann, womit freilich das Todesurteil über die Geschichte gefällt ist.

5.

Was uns hier wiederfährt, das ist das schaurige Schauspiel der Wiederauferstehung des *Großen Haufens* der vorkapitalistischen Ära, der Wiederkehr einer historischen Kategorie aus längst vergangenen Zeiten, die Zerbröselung der Klasse zur Menge, zum Pöbel, zur Plebs, die zwar nach wie vor jederzeit gut ist für Tumulte, Krawalle und Aufruhr, deren Zerstörungswut sich aber nicht mehr gegen die Struktur des Gegebenen wendet, sondern in blindem Taumel sich gegen alles verliert, was nicht geheuerlich, was ihr „fremd" ist. Mögen in diesen spontanen und unkontrollierten Aufwallungen der Raserei und des Zorns auch Werte zerstört werden, die es heute noch viel leichter ist zu ersetzen als in früheren Zeiten, die Ordnung der Dinge ist nicht in Gefahr: ein Popanz und Kindergespenst, dessen Harmlosigkeit nur in der Naivität derer ein Gegenstück findet, die sich immer noch einbilden, den Demagogen, die sich der Menge bedienen, mit einer Musik entgegentreten zu können, für deren Melodie diese taub ist.

Fall und Aufstieg des Tausendjährigen Reiches

„Die Völker wurden seiner Herr, jedoch daß keiner uns zu früh
da triumphiert – der Schoß ist fruchtbar noch aus dem das kroch."
B. Brecht, Der aufhaltsame Aufstieg des Arturo Ui

1.

Jedes Ding verbirgt in sich ein Geheimnis. Auch die Gesellschaft der Bürger birgt ein solches in sich: die Herrschaft des
Tauschwerts, die Herrschaft der toten über die lebendige Arbeit.
Aufgehäuft zu einem Komplex von mit menschlichem Geist
durchsetzter Materie, treten die Früchte der Arbeit vergangener
Zeiten, die Mittel zum Leben, Geräte, Maschinen, Apparate und
Stoffe der verschiedensten Art, der lebendigen Arbeit als des-
potische Macht gegenüber, als Lebens- und Arbeitsbedingung,
von der die Arbeit getrennt ist, als kapitalistischer Wert, dem
die Kommandogewalt insofern zufällt, als er die Mittel repräsentiert, deren die Arbeit zu ihrer Konkretisierung bedarf. So
nötigt der Tauschwert die lebendige Arbeit, sich mit leblosen
Dingen, mit toter Substanz zu verbinden, um im Akt der Produktion selbst abzusterben, zu toter Arbeit zu werden, zu Tauschwert jedoch, der, von der Arbeit getrennt, von neuem Herrschaft
über die lebendige Arbeit auszuüben vermag.
Mit anderen Worten: Die Gesellschaft der Bürger ist eine Klassengesellschaft, in der die einen über die Produktions- und Lebensmittel gebieten, während die andern über nichts weiter verfügen als über ihr Arbeitsvermögen, dessen Gebrauchswert als die
den Tauschwert schaffende Kraft – als Ware verkauft und im
Verwertungsprozeß konsumiert – mehr Arbeit liefert, als das Arbeitsvermögen zu seiner Regenerierung bedarf – Mehrwert, den
die Klasse der kapitalistischen Privateigentümer gratis kassiert.

2.

Das Schauspiel der Gesellschaft der Bürger wird so von zwei
Protagonisten beherrscht: der Bourgeoisie und der Arbeiterklas-

se. Doch nicht sie allein bevölkern die Szene. Überreste längst vergangener Zeiten, Ruinen und Trümmer aus Gesellschaftsepochen, die im historischen Dunkel versunken, überleben in Nischen der Bühne, auch wenn sie im Prinzip dem Tode geweiht sind: *Privateigentümer*, Bauern, Handwerker, Händler, die zugleich *Arbeiter* sind, stolz auf ihren Besitz, doch ständig geplagt von der Furcht, diesen minimalen Besitz zu verlieren, um sich in einer anderen, weniger günstigen Rolle wiederzufinden: als Empfänger von Lohn, gezwungen, ihre Arbeitskraft zu verkaufen.

Im Handlungsverlauf arg bedrängt durch die Macht des kapitalistischen Tauschwerts, der sich aufhäuft zu stets größeren Massen, schwindet die Menge der Kleineigentümer dahin, während aus ebenden Gründen eine andere Schicht immer mehr Zulauf erhält: Personal, privat oder staatlich, das aus dem Mehrwert bezahlt wird und dem die nicht-produktiven Aufgaben zufallen – die der Verwaltung des riesigen Produktionsapparats –, die dennoch erfüllt werden müssen, soll die Maschine der Profitmaximierung nicht ins Stocken geraten. Diese besondere Schicht, auch wenn sie den Makel der Lohnarbeit trägt, ist nichtsdestotrotz von der untersten Klasse, den produktiv Tätigen, durch Kopfarbeit, Bildung, Bezahlung und einen höheren Status getrennt und nur selten geneigt, sich unter diese zu mischen.

3.

Dieses alte und neue Miniaturbürgertum, weder kapitalistisches Fleisch noch proletarischer Fisch, führt zwischen Bourgeoisie und Arbeiterklasse ein unruhiges Leben: durch die Turbulenzen erschreckt, die sich aus dem Krieg der beiden Protagonisten ergeben, und gewahr, daß sie so oder so nicht, wer auch immer sich durchsetzt, von einem Kampf profitieren, dem sie als stumme Schauspieler beiwohnen, übermannt die petits bourgeois eine Abneigung gegen den Klassenkonflikt, die bis zur offenen Feindschaft sich in dem Maße steigert, wie dieser Klassenkonflikt an Heftigkeit zunimmt. Bestrebt, dem Krieg der Klassen ein Ende zu setzen, erheben sie so ein gemeinsames Merkmal, das über die Klassengrenzen hinausgreift, zum

Prinzip der Gesellschaft: die Zugehörigkeit zur nationalen Gemeinschaft, wie auch immer man sie definiert.

Und da so der Zwiespalt in der Einbildung ausgelöscht wird, bleibt für die Anhänger des inneren Friedens, um die Gebrechen einer trotz allem in sich zerteilten Gesellschaft zu heilen, nur der Angriff nach außen, die Aggression gegen die, die nicht zur nationalen Gemeinschaft gehören.

4.

Die Bourgeoisie, die nichts mit Kindereien im Sinn hat, mag diese Haltung belächeln. Doch in Zeiten der Krise, wenn das Privateigentum sich einer akuten Bedrohung ausgesetzt sieht, ist sie nur allzu gern zu einem Sinneswandel bereit: Denn es gibt kein probateres Mittel, dem Untergang zu entgehen, als die Organisationen der Arbeiterklasse, die Träger der revolutionären Gewalt, zu zerschlagen. Was liegt daher näher, als, um dieses Werk in die Tat umzusetzen, sich der Kohorten des Anstreichertums zu bedienen, das selbst sich dieser Aufgabe mit Leib und Seele verschreibt, da in der Auseinandersetzung der Klassen die Arbeiterklasse als aktive Triebkraft erscheint, während die Bourgeoisie den Eindruck hervorruft, diesen Konflikt als passive Kraft zu erdulden?

Aber nicht nur in diesem Punkt trifft sich die Neigung des Anstreichertums mit der der Bourgeoisie: Hat nämlich diese in einem Weltkrieg den einstigen Platz an der Sonne verloren, fühlt sich aber berufen zur Hegemonie innerhalb der kapitalistischen Welt, so bedarf sie zur Organisierung eines revanchistischen Krieges einer entschlossenen Kraft, die nicht zögert, die Welt ins Verderben zu stürzen – und sie findet sie da, wo die Absicht, sich woanders schadlos zu halten, stark ausgeprägt ist: im Anstreichertum.

Mit diesem verbündet sich also die Bourgeoisie und überträgt ihm die Macht. Und einmal den Zwangsapparat in der Hand, beeilt sich der oberste Führer aller Geführten, das Tausendjährige Reich einer Klassengesellschaft ohne Klassen zu gründen, den inneren Frieden erzwingend und eben deshalb bestrebt, die gesamte Welt zu beherrschen.

5.

Doch Hochmut kommt vor dem Fall. Anstatt mit den andern den globalen Mehrwert zu teilen, schickt der Anstreicher-Häuptling zahlreiche Truppen – auf Raub aus – in alle Teile der Welt, siegreich zuerst, später besiegt, denn die gefräßige Gier, die sich keiner Grenzen bewußt ist, überladet den Magen und schafft sich mit den verschlungenen Ländern ebensoviele Verdauungsbeschwerden: angefüllt wie ein Sack kommt das Tausendjährige Reich nach wenigen Jahren ins Straucheln und fällt, unter den Schlägen der Feinde, kläglich zu Boden. – Mit ihm aber verflüchtigt der Traum sich von der Klassengesellschaft, die keine Klassen mehr kennt.

Die Große Krise jedoch, die dem Anstreichertum zu Glanz und Elend verhalf, wirft ihre Schatten auch auf die Zeit nach der Wende: Ängstlich bedacht auf die Vermeidung von Krisen, die in sich den Keim des Todes der Lohnarbeit bergen, greift der Staat in die Produktivsphäre ein, indem er – über Steuern – kapitalistisches Surplus der Wiederverwertung entzieht und auf seine Weise verschwendet, so aber auch Überakkumulationen verhindert, den tieferen Grund der bestialischen Krisen, sodaß in der Tat sich der Konjunkturverlauf glättet und eine glorreiche Ära der Prosperität und Stabilität anbricht, die die Gestalt der Gesellschaft nachhaltig prägt.

Denn auch die Arbeiterklasse, nicht nur die Bourgeoisie, ist im Prinzip eine unheroische Klasse: Des äußeren Stachels beraubt, versinkt sie in einen Zustand der Passivität, der ihr Klassenbewußtsein und damit ihr Dasein als „Klasse für sich" untergräbt und schließlich vernichtet. Das aber macht die Gesellschaft zu dem, zu dem sie das Anstreichertum vergeblich zu machen versuchte: zu einer Klassengesellschaft bar aller Klassen. – Ganz ohne Gewalt, auf friedlichem Wege, erhebt sich das Tausendjährige Reich aus der erkalteten Asche erneut zu seinem tausendjährigen Fluge.

Beleidigung der Menschenwürde

„Sie dürfen nicht so mit mir reden", rief Block so laut, als er
es nur in der Nähe des Advokaten wagte, „das ist nicht erlaubt.
Warum beleidigen Sie mich? Und überdies noch hier, vor dem
Herrn Advokaten, wo wir beide, Sie und ich, nur aus Barmher-
zigkeit geduldet sind? Sie sind kein besserer Mensch als ich,
denn sie sind auch angeklagt und haben auch einen Prozeß. Wenn
Sie aber trotzdem noch ein Herr sind, dann bin ich ein ebensol-
cher Herr, wenn nicht gar noch ein größerer. Und ich will auch
als solcher angesprochen werden, gerade von Ihnen."
Franz Kafka, Der Prozeß

1.

Nur im Traum befreit sich der Geist von den Fesseln der Realität und gibt sich der Ausschweifung hin. Deshalb träumen wir
auch, wenn wir wach sind. Und dies umso mehr, je weniger Spiel-
raum uns die Umstände lassen, der wahre Despot, die despoti-
sche Macht, deren eiserne Faust die Fäden im Hintergrund zieht,
an denen wir alle – hilflos und unbewußt – baumeln.

Unter denjenigen, die auch bei hellichtem Tage zu träumen
gewohnt sind, kehrt ein und derselbe Traum immer wieder: die
einen träumen davon, daß sie der Fesseln entledigt, daß sie un-
gebunden und frei sind, die anderen wieder, daß man die Fesseln, deren Last man nur allzusehr spürt, eines Tages durchschnei-
det, alle jedoch, daß die „unteren Klassen" nichts sehnlicher
wünschen, als sich selbst zu befreien und sich selbst zu regieren,
öffnet man ihnen die Augen.

Dieser letztere Traum wird bisweilen zu einer Metaphysik
der Geschichte erweitert: der Kampf nämlich derer, die die Güter, die Reichtümer schaffen, gegen die, die sie aufzuzehren be-
lieben, sei der Motor, der die Geschichte vorantreibt, Schritt für
Schritt, Stufe für Stufe, dergestalt nämlich, daß die revolutionä-
re Potenz der unteren Klassen das jeweils Gegebene aufsprengt,
bis – nachdem sie Jahrtausende in der Wüste der antagonisti-
schen Klassengesellschaft umhergeirrt war – die Menschheit die
Reife erlangt hat, das verheißene Land zu betreten.

2.

Zweifellos haben Engels und Marx diesem Traum Vorschub geleistet. Haben sie nicht die Geschichte als Geschichte kämpfender Klassen interpretiert? Haben sie nicht den steten Gegensatz der Unterdrücker und Unterdrückten, den bald versteckten, bald offenen Kampf zwischen beiden in den Rang einer destruktiven Instanz, einer Sprengkraft erhoben, die das festgefügte Gebäude einer jedweden Ordnung bald früher, bald später dem Untergang preisgibt? Zweifellos, doch belächeln wir diese Vorstellung nicht: sie gibt den „unteren Klassen" die Würde zurück, die sie selbst nur allzu oft von sich weisen.

Denn in Wahrheit ist die Klassenversöhnung das beherrschende Muster: Auch wenn das Gefühl, das im Verhältnis zwischen den Klassen obwaltet, nicht Freundlichkeit sein mag, so liegt doch den „unteren Klassen" nichts ferner, als ihre Lebensgrundlagen dadurch zu schmälern, daß sie gegen die „oberen Klassen", deren Übermacht ihrer Ohnmacht entspricht, revoltieren. Nur in Momenten höchster Verzweiflung erheben sie sich mit Feuer und Schwert, aber auch da erschöpft sich der Geist der Revolte in dem schalen Bestreben, das Alte Recht zu erzwingen, dessen man sich beraubt glaubt und dessen Verlust man das Elend der Gegenwart zuschreibt.

3.

Auch die Klasse der Arbeiter, diese letzte Gestalt der „unteren Klassen", entgeht nicht dem Schicksal der Klassenversöhnung. Glücklich beraubt ihrer historischen Macht, die im Zusammenschluß gründet, den einstmals die Große Fabrik den Arbeitern aufzwang, befleißigt sie sich, durch die Unterwürfigkeit ihres Verhaltens das Kapital, dem sie ihr Dasein verdankt, gnädig zu stimmen. Welche Methode auch wäre – der Ohnmacht entsprechend – besser geeignet, um über die Runden des Lebens zu kommen, selbst um den Preis, von den „oberen Klassen" verlacht und verächtlich behandelt zu werden?

Franz Kafka hat dies im „Prozeß" exemplarisch gestaltet: Block, der Klient, der sich nicht scheut, vor dem Advokaten zu kriechen, ist *das* Sinnbild der „unteren Klassen". Und doch, wie schon Kafka es wußte, lehnen auch diese sich auf, wenn man ihre Menschenwürde verletzt, indem man sie – wie Josef K. Block – der Unterwürfigkeit zeiht. Die beleidigte Würde der Unterwerfung stachelt den Geist der Revolte – gegen den, der es wagt, ihnen die Augen zu öffnen.

Von daher wird man verstehen, daß die Bourgeoisie untröstlich ist über den Verlust eines denkenden Feindes: denn die unvermeidliche Provokation der „unteren Klassen" kann nicht umhin – ihr zu schmeicheln.

Das Gespenst der Nation

„Denn wie die Kinder sich ängstigen und im lichtlosen Dunkel alles und jedes fürchten, so bangen zuweilen bei Lichte wir auch vor manchem, was keineswegs furchtbarer ist als Gespenster, deren Erscheinen die Kinder bei Finsternis zitternd erwarten."
Lukrez, Vom Wesen des Weltalls

1.

Wie bei Lukrez die Kinder sich an dunklen Orten fürchten, so flackern auch an den Wänden der düsteren Räume, in denen die Einbildungskraft sich bewegt, die Schatten von furchteinflößenden Wesen, Gespenster, die ängstliche Gemüter erschrecken, deren Ausgeburt sie lediglich sind. Man könnte auch sagen: Diese Gemüter basteln aus Lumpen, die man ansonsten wegwerfen würde, für sich selbst Vogelscheuchen, auf daß sie sich daran hindern, den Garten der Realität zu betreten, der Früchte darbieten würde, deren Verzehr das Subjekt aus dem moralischen Gleichgewicht würfe und die es sich aus eben dem Grunde versagt.

Ein solches Lumpenstück, aus dem ein Schreckgespenst wurde, ist, unter andren, die Nation. Einstmals ein Prachtgewand, verschliß es im Laufe der Jahre, bis man es zu den Sachen, die nicht mehr brauchbar sind, warf, als ein seines Gebrauchswerts entkleidetes Ding, das, bestimmt, auf dem Abfallhaufen zu landen, um dort zu vermodern, fast schon entsorgt worden wäre, hätten ängstliche Geister das zerschlissene Kleid nicht zuvor aufgelesen, um daraus eine Vogelscheuche zu machen.

Abgenützt, fadenscheinig und schäbig, flatternd im Wind, im Regen durchnäßt, bar allen Reizes, kann es doch nicht seine Herkunft verleugnen: Es stammt aus der Werkstatt desselben Couturiers, der gerade dabei ist, ein Ersatzkleid zu schneidern – aus der Werkstatt des kapitalistischen Tauschwerts.

2.

Die Ordnung, die der Gesellschaft der Bürger vorausgeht, der okzidentale Typ der koerzitiven Klassenformation, stellt sich dar als Konglomerat unterschiedlichster „Klumpen": nicht Personen bilden die Bausteine, aus denen das Gesellschaftsgebäude besteht, sondern Personenverbände. Das Subjekt, anstatt sich in der Gesellschaft frei zu bewegen, ist in Aggregate gebannt, Stände, Kommunen, Grundherrschaften und Zünfte, die ihm gegenüber als „Körper" erscheinen, als Gesellschaft en miniature, der die Personen von Geburt an eingefügt sind und die sie durch altehrwürdige Bande verbindet, die die Subjekte nicht zu durchschneiden vermögen, da sie kraft eines durch Herkommen sanktionierten Gesetzes bestehen; während der Staat diese „Körper" als „Personen" betrachtet, über die er erst Einfluß auf die Subjekte gewinnt.

Gewillt, auf ewig fortzubestehen, fällt dieser Bau dennoch entzwei. Wie der Same in den Ritzen mächtiger Burgen zyklopische Mauern zu sprengen vermag, so sprengt auch die Bourgeoisie als Träger des sich selbst verwertenden Werts, sobald sie sich als eigenständige Kraft etabliert, das Gefüge des alten Gesellschaftsgebäudes mit ihrem Bereicherungtrieb. Ganz von allein nämlich unterminiert die Dynamik des Tauschwerts, die Verwertung des Werts, die alte Weise des Lebens, sei es, daß sie den Landmann von Haus, Hof und Feldern verjagt, um an seine Stelle Schafe zu setzen, sei es, daß sie die dörflichen Arbeiter in den Bann der gewerblichen Warenproduktion zieht, indem sie sich ihrer als Verlagsarbeiter bedient, sei es, daß sie die alten Zünfte und Gilden durch Konkurrenz zu Tode verwundet, sei es schließlich auch nur, daß sie das Geld zum Angelpunkt macht, um den sich der genießende Reichtum, um als genießender Reichtum zu gelten, ebenso dreht wie die sich bereichernde Bourgeoisie.

Doch wie sehr auch das Alte Regime sich zersetzt und verrottet, es bleiben Reste und Trümmer, Hemmnisse der verschiedensten Art, die den Aufstieg der Bourgeoisie zur herrschenden Klasse behindern und die auch die Krone, Repräsentant der Grundeigentümer, einstmals von sich aus bestrebt, vor allem im Hinblick auf den Umfang der Steuern das korporative Gewebe zu lockern, aus eigenem Antrieb nur mehr zögerlich angreift, sobald sie den direkten Zugriff auf die Untertanen erlangt hat. Die Privilegien der oberen Stände, Monopole und Rechte besonderer Art, Binnenzölle und die geistige Herrschaft des Klerus, ebensoviele Fesseln der Bourgeoisie harren ihrer Zerstörung. Und sie werden zerstört, sei es in Großen Festen der Leidenschaft und des Zorns, sei es auf friedlichem Wege, indem die Bedrohung durch den Geist der Revolte den Alten Staat zwingt, die Gesellschaft nach dem Bilde der Bourgeoisie umzugestalten. Und was dann noch als Relikt überlebt, das fegt das Fabriksystem wie ein gewaltiger Sturmwind hinweg.

3.

So entsteht eine Gesellschaft von *Bürgern*, die, atomisiert, kein anderes Band zwischen sich anerkennen als das des irdischen Geldes: Frei und gleich als Warenbesitzer, sei es als Grund- oder Kapitaleigentümer, sei es als Besitzer des Arbeitsvermögens, dieser besonderen Ware, stehen die Subjekte dem Staat als homogene Masse direkt gegenüber, ohne Vermittlung durch intermediäre Gewalten. Und da dem so ist, mit dem Verlust der altehrwürdigen Bande, wird der Staat zum privilegierten Bezugspunkt, in Beziehung zu dem sich die Bürger als Einheit jenseits der Klassen begreifen. Die Nation, aller Mystik entkleidet, ist so weiter nichts als ein territoriales Gebilde, dessen Bewohner zumindest durch die Bereitschaft, sich einem *bestimmten* Staat unterzuordnen, sich von anderen subjektiv abheben.

Diesen Impuls als Passatwind im Rücken und unter Führung der Bourgeoisie, dieser unwiderstehlichen Triebkraft, die ein möglichst großes Territorium anstrebt, als möglichst großes Absatzgebiet, wachsen einstmals nur lose vereinte Gebiete zusammen, verschmelzen zur nationalen Gemeinschaft, deren Grenzen jedoch durch dynastische Konstruktionen, die Sprache, Gebirge und Flüsse mehr oder minder vorherbestimmt sind. Und andererseits löst sich, was nur pro forma verbunden, lösen sich Reiche, deren einziger Kitt das Herrscherhaus ist, bald früher, bald später in Territorien auf, die sich als nationale Staaten konstituieren. So oder so wird auf Jahrzehnte die national definierte Gemeinschaft der bestimmende Rahmen der Gesellschaft der Bürger.

4.

Schon früh greift der sich selbst verwertende Wert über die staatlichen Grenzen hinaus. Erst nur in peripheren Gebieten, die sich das Kapital als Kolonien unterwirft, später dann auch innerhalb des kapitalistischen Zentrums, dehnt der kapitalistische Wert Schritt für Schritt den Wirkungskreis aus, innerhalb dessen er sich auf seine Weise verwertet. Nationaler Beschränktheit enthoben und sämtliche Länder als legitimes Aktionsfeld betrachtend, exportiert die Bourgeoisie eines Landes Kapital in andere Länder, die ihrerseits Ausgangspunkt für den Kapitalexport sind, sodaß, da die Zentralisierung jenseits kontingenter Faktoren, wie der Herkunft des Tauschwerts, ihre Sogwirkung ausübt, die kapitalistischen Gruppen einzelner Länder miteinander verschmelzen, sich Kapital als nicht-nationales Kapital konstituiert, das seine nationale Borniertheit voll und ganz abstreift.

Diese Bewegung nun macht den Staat, dessen Aktionsradius, wie man weiß, eng beschränkt ist, mehr und mehr obsolet: er muß verschwinden, um einem größeren Staat, jenseits der Nation, Platz zu machen, der dem transnationalen Charakter des Kapitals Rechnung zu tragen vermag.

In dem Maße jedoch, wie die Staaten als souveräne Staaten verschwinden, wird aber auch die Nation zu einem Relikt, das den Anspruch auf Leben verliert, um ihn an die Warenwelt abzutreten, die allein Identität herstellen kann, indem sie die Bürger zur Gemeinschaft der Konsumenten verbindet. Dem hat sich das Bewußtsein zu beugen. Nur mehr als Schreckgespenst, allen Lebens entleert, vermag sie sich noch einige Zeit über Wasser zu halten. Und als solches leistet sie allerdings im moralischen Haushalt der Bürger nach wie vor gute Dienste.

La Société Anonyme

„... denn wo jemandes Absichten offen zutage liegen, da rufen sie alle, die ihnen feindlich sind, wie mit einer Trompete zu den Waffen."
F. Bacon, Essays

1.

Findet der Wanderer verstümmelte Leichen von Frauen in Wäldern, am Wegrand, in Schluchten, am Ufer von Seen, dann wird wohl, man darf es ruhig glauben, ein Mörder am Werk sein, der, selbst wenn er es möchte, nicht anders kann, als einer inneren Stimme Folge zu leisten, die ihm unerbittlich gebietet, das schwache Geschlecht auf bestialisch-grausame Weise zu schänden, zu dezimieren und von der Erde zu tilgen.

Wird Mehrwert akkumuliert, so geht man desgleichen nicht fehl in der Annahme, daß hier sich ein innerer Antrieb manifestiert, der Trieb, sich mehr und mehr zu bereichern, den Tauschwert, der als abstrakter Reichtum nichts gilt, den man nicht essen, nicht trinken, nicht konsumtiv aufzehren kann, dadurch zu etwas zu machen, daß man ihn beständig vermehrt und vergrößert. So konzentrieren sich Kapitale in immer kolossaleren Massen, in ihrer Maßlosigkeit einem Triebtäter gleich, dem die Gesellschaft nicht Einhalt gebietet, weil sie selbst sich an den Folgen seiner Neigung ergötzt.

Mit dieser Tendenz, sich in Massen zu häufen, verschärft sich aber zugleich die Konkurrenz unter den Kapitaleigentümern, was nach und nach den Zusammenschluß einstmals selbständiger Kapitalportionen mit sich bringt: das Gegeneinander provoziert die Vereinigung unter der Fahne des Siegers.

2.

Wie schnell aber auch immer Konzentration und Zentralisation der Kapitale erfolgen, sie erfolgen nicht schnell, nicht rasend genug, um in der Lage zu sein, Unternehmungen auf die

Beine zu stellen, die nur Giganten ins Werk setzen können – erhabene Vorhaben, weit erhabener als das Bestreben Yugongs, einen lumpigen Berg zu versetzen, titanische Pläne, die die freiwillige Verbindung von Kapitalen erheischen, die Bildung von Kompanien, Vereinen von Geldbesitzern, die gemeinsam das Geschäft der Profitgewinnung betreiben, um sich gemeinschaftlich in die Beute, den Mehrwert, zu teilen.

So wird die adäquate Organisationsform der kapitalistischen Produktionsweise inauguriert: Aktiengesellschaften, Bruderschaften von Kapitaleigentümern, die die Geschäftsführung einem Management überlassen, bezahlten Agenten, die von ihnen abhängig sind, und sich selbst auf die Tätigkeit der Kontrolle beschränken.

3.

Hier trennt sich das Kapitaleigentum von seiner ihm ursprünglich eigenen Aufgabe, der Administrierung der Selbstverwertung des Werts: damit aber tritt die Bourgeoisie in den Hintergrund, sie entschwindet dem Gesichtskreis der Menge, sie wird unsichtbar für das Auge, dem ein Sehbehelf abgeht; was sichtbar bleibt, ist ein geschäftiger Schwarm von Dirigenten und profanen Ensemblemitgliedern, die – von der Spitze zur Basis – im Konzert der Gewinnmaximierung alle der Lohnarbeit frönen. – Die Kapitalunternehmen stellen sich dar als unpersönliche Produktivapparate, als gigantische Maschinerien, die, wie es scheint, nur aus dem einen Grund produzieren, um der Gesellschaft (und der Statistik) einen Dienst zu erweisen: wohltätige Einrichtungen, deren Lebensgrund, die Profitmaximierung, im Nebel verschwindet, während aus dem Nebel der Illusion das Phantom des Gebrauchswerts vorerst nur schemenhaft, dann immer deutlicher auftaucht.

Kann es da ausbleiben, daß die konsumierende Menge, zwar der Lohnarbeit untergeordnet, dennoch nicht zögert, mit diesen heroischen Demiurgen der kapitalistischen Welt zu fraternisieren, die, immerhin, um all die hübschen Waren besorgt sind, deren man im Wirrsal der bourgeoisen Gesellschaft zum Überleben bedarf?

Die unsichtbare Bourgeoisie und der reale Schein der Identität von Produktion und Konsum verwandeln die Gesellschaft der Bürger aber in das, was sie schon einmal, nach dem Willen anderer Blinder, sein hätte sollen: eine Klassengesellschaft – nur ohne Klassen. Was man einstmals nicht gewaltsam herstellen konnte, das schafft sich, wie man sieht, auch spontan.

Die Konsummaschine

„Tantalus, Ärmster! Da steht er im Wasser und kann doch nicht trinken, und an die hängende Frucht reicht nicht die gierige Hand."
Petron, Satyrgeschichten

1.

Die Gelehrsamkeit voluminöser Kompendien der Politischen Ökonomie läßt es sich stets angelegen sein, uns die tiefe Einsicht zu vermitteln, daß der Mensch Gebrauchswerte schafft im Hinblick auf den Konsum. In ihrer Freude über diesen geglückten Gedanken vergißt sie jedoch ein ums andere Mal, daß in der Gesellschaft der Bürger Gebrauchswerte nur insofern hervorgebracht werden, als sie Träger von Tauschwerten sind: Nicht der Gebrauchswert, der Tauschwert vielmehr ist der Angelpunkt, um den sich letztendlich Produktion wie Konsumtion drehen. Der Tauschwert jedoch, der, als allgemeiner Reichtum, sich in jede Ware, jeden Gebrauchswert, jede spezifische Form der Genüsse verwandeln, umsetzen kann, als Ausgangs- und Endpunkt des Produktionsprozesses gesetzt, entpuppt sich – als Kapital.

2.

Abstrakter Wert, allgemeiner Reichtum, virtuelle Potenz der Aneignung der ideellen und stofflichen Welt – krankt dieser Wert dennoch an einem bedauerlichen Gebrechen: sein Vermögen stößt unweigerlich an die Grenzen seiner quantitativen Beschränktheit. *Als quantitativ bestimmte Summe, beschränkte Summe* – so die Belehrung durch die Kritik – *ist Kapital auch nur beschränkter Repräsentant des allgemeinen Reichtums oder Repräsentant eines beschränkten Reichtums, der grade soweit geht wie sein Tauschwert; exakt an ihm gemessen ist. Es hat also keineswegs die Fähigkeit, die es seinem allgemeinen Begriff nach haben soll, alle Genüsse, alle Waren, die Totalität der materiellen Reichtumssubstanzen zu kaufen; es ist nicht ein 'précis de toutes les choses' ... Als Reichtum festgehalten, als allgemeine Form des Reichtums, als Wert, der als Wert gilt, ist es also der beständige Trieb, über seine quantitative Schranke fortzugehn: endloser Prozeß. Seine eigne Lebendigkeit besteht ausschließlich darin; es erhält sich nur als vom Gebrauchswert verschiedener, für sich geltender Tauschwert, indem es sich beständig vervielfältigt.*

Das aber kann nur insoferne gelingen, als das Kapital sich mit Arbeit verbindet, menschliche Tätigkeit einsaugt, diese köstliche Lebenssubstanz, die allein Werte schafft, um einen Mehrwert dadurch zu extrahieren, daß es die Quelle der Arbeit, den Arbeiter, sich betätigen läßt über den Zeitpunkt hinaus, bis zu dem er die Produktionskosten seiner Arbeitskraft reproduziert hat. Damit nicht genug: ist der Mehrwert einmal geschaffen und in der Zirkulation realisiert, so gilt es, ihn von neuem in den Schlund des produktiven Drachen zu werfen, auf daß das Geld als Kapital sich in einem unendlichen Prozeß asymptotisch seinem Begriff nähere, nämlich allgemeiner Reichtum zu sein.

3.

Aus dem Vorstehenden folgt aber von selbst: je größer der Mehrwert, desto größer der Fonds der Akkumulation, desto rasanter auch die akkumulative Aktivität, desto aufgeblähter der Reichtum, desto adäquater die Performance des Kapitals, und das heißt: desto besser entspricht die Sache ihrem Begriff. Erhöhung des Mehrwerts ist aber in der heutigen Zeit vornehmlich Funktion der Produktivkraft der Arbeit. Daher die Obsession der Modernisierung der Produktion, der Anwendung verbesserter Methoden, der Innovation und Rationalisierung, des produktiven Gebrauchs von Forschung und Wissenschaft – die fieberhafte Suche nach dem alchimistischen Lebenselixier, das die Weberschiffchen und Dreifüße in selbsttätige Wesen verwandelt.

Akkumulation und Potenzierung der Produktivkraft verfehlen so nicht, die Dinge, belebt oder unbelebt, mehr und mehr aus ihrer natürlichen Umwelt zu lösen, um ihnen den Atem der Konsumierbarkeit einzuhauchen, und sei es auch nur, um als

Material neuer Produktionsprozesse zu dienen. Die Masse der Güter, der Waren, schwillt mithin an, Ausmaße annehmend, die frühere Epochen vielleicht nur in ihren kühnsten Träumen zu erträumen wagten: den Träumen vom Schlaraffenland. Indem daher der rastlos arbeitende Produktionsapparat die Natur in Waren verwandelt, zaubert er Früchte hervor, deren Fülle und Opulenz an den Garten Eden gemahnen.

An der Schwelle des Paradieses jedoch, das, für immer verloren geglaubt, das Kapital einen Augenblick lang schien zurückzugewinnen, zerplatzen die Träume vom Glück. Denn mit der Hebung des Produktivkraftniveaus verschiebt sich zugleich auch des Verhältnis von variablem und konstantem Kapitalteil zugunsten des letzteren, sodaß auf immer mehr Produktionsmittel immer weniger Arbeiter fallen: Roboter, die sich selbsttätig reproduzieren, bedürfen der Arbeitskraft nicht. Mit dem Verlust des Salairs, der daraus sich ergibt, schwindet indes auch die Konsumtionskraft der Menge dahin.

4.

Was also tun mit den Massen von Waren, die sich häufen, die sich türmen, die ein entfesselter Produktivapparat selbstvergessen und schamlos über die Erde verstreut, um alle die unter sich zu begraben, die dieser Schicht aus konsumierbaren, doch zugleich dem Konsum verbotenen Früchten nicht mehr Herr werden können? – Doch verzagen wir nicht! Der menschliche Geist weiß zweifellos auch hier sich zu helfen: Wer imstande ist, die Produktion vom Menschen unabhängig zu machen, der kann dies fraglos auch mit dem Konsumtionsprozeß tun. Es wäre gelacht, würde man nicht Maschinen für den Konsum bauen können, leistungsfähige Konsumapparate, die all die nutzlosen Güter, die eine überforderte Menschheit nicht mehr selbst sich einzuverleiben vermag, dadurch ein für allemal aus der Welt schaffen, daß sie sie selbsttätig in Abfall verwandeln.

Staat in Zivil

„Schwacher und eitler Mensch, du behauptest, frei zu sein!
Siehst du nicht all die Fäden, die dich fesseln?"
P. Thiry d'Holbach, System der Natur

1.

Ihr Unwesen treiben Monster nicht nur im Mythos. Sie lau-
ern auch in den imaginären Welten der philosophischen Denker:
die Materie, die Abbildung und vor allem der Staat – das Monster schlechthin. Rätselhaft wie die Sphinx, ungeschlacht wie
Polyphem, kompromißlos wie Charybdis und Skylla und wie der
Moloch unersättlich, vereint der philosophische Staat all die
Qualitäten auf sich, die den Subjekten einer Gesellschaft, deren
bescheidenes Glück darin besteht, ihren privaten Geschäften zu
frönen, den Schlaf zu rauben vermögen.

Doch wie im Mythos ersteht auch hier den bedrohten Bürgern ein Retter: ein strahlender Heros, dem es gelingt, den Lind-
wurm in die Schranken zu weisen, indem er das Untier mit einem Graben umgibt, Bastionen, Sappen, Batterien und Palisa-
den errichtet und all die Künste der Fortifikation mit einer Mei-
sterschaft zur Anwendung bringt, die einem Ramelli, Pagan,
Stevinus, Moralis, einem de Ville, Coehoorn, Vauban, Lorini,
von Scheither und nicht zuletzt Hauptmann Shandy zur Ehre
gereichte.

Worum handelt es sich? Um die „zivile Gesellschaft", diesen
Komplex privater und halb-privater Vereine, die dem Staat trot-
zen und die, während sich dieser mit Zwangsgewalt Gehorsam
verschafft, ganz auf die Zustimmung setzen: der Stolz der humani-
tären Intelligenz und deren bezauberndste Leistung.

2.

Aus den Träumen erwacht und den philosophischen Schlaf
aus den Augen gerieben, wird man ernüchtert bemerken: Der
Staat ist nichts als die in einem besonderen Apparat ausgela-

gerte Instanz des Kapitals als Allgemeinwesen, die volonté générale der individuellen Kapitaleigentümer, der reelle Ausdruck des imaginären Gesamtkapitals, das nur in dieser Besonderung Gestalt anzunehmen vermag, da sich die vereinzelten Kapitale im realen Produktionsprozeß stets in Gegensatz zueinander befinden, als feindliche Brüder, die sich um den relativen Anteil am Mehrwert, den die gesamte Arbeiterklasse hervorbringt, streitsüchtig zanken.

Das ist nichts weniger als mysteriös. Ist es doch einleuchtend, daß das Bestreben des Staatspersonals, was auch immer seine besonderen Vorlieben seien, zuallererst darauf abzielen muß, die Funktionstüchtigkeit des Systems der privaten Produktion sicherzustellen, bevor es sich in den Stand versetzt sieht, die Wohlfahrt, sei es der Gesellschaft im Ganzen, sei es einzelner Gruppen, sei es aber auch nur schlicht und einfach das Gedeihen des Staates, zu wahren, zu mehren und gewissenhaft zu befördern. Und dies nicht zuletzt deshalb, weil, nur wenn die private Produktion blüht und gedeiht, es über die nötigen Mittel verfügt – über Gebühren und Steuern –, die allein ihm die Erledigung seiner Obliegenheiten erlauben.

Der reibungslose Ablauf der Schöpfung von Tauschwert wird so zum Angelpunkt seines Trachtens und Tuns. Und indem das Staatspersonal das störungsfreie Funktionieren des Systems der kapitalistischen Produktion zu seiner eigenen Angelegenheit macht, tritt es als Exekutor der allgemeinen Belange des imaginären Gesamtkapitals auf, die gerade in der Sicherstellung dieses Funktionierens bestehen und die niemals identisch sind mit den besonderen der separaten kapitalistischen Gruppen: ganz von alleine wird so der Staat zur objektivierten „Klasse für sich".

Und andererseits: Gerade weil das Gesamtsystem ein Vorgehen jenseits partikularen Profitstrebens fordert, erhebt sich der Staat über die privaten Belange, agiert er als relativ autonome Instanz, die, ganz und gar dem kapitalistischen Geiste verpflichtet, dennoch vom Kapital nicht beherrscht wird. Und er kann sich auch über die Kapitale erheben, er gewinnt Autonomie, weil ihm gegenüber Konkurrenz, Neid und Mißgunst verhindern, daß sich die Privateigentümer in einer Einheitsfront gegen ihn richten.

Somit steht der Staat über den Gliedern der gesamten Gesellschaft, und je höher er steht, desto genauer bringt er die allgemeinen Belange der kapitalistischen Klasse zum Ausdruck.

Die erste und oberste der gemeinsamen Aufgaben nun aber ist, Attacken auf das Privateigentum abzuwehren, *feindliche* Akte, die nicht verfehlen, Sand ins Getriebe zu streuen: die ganze Wucht der Repression trifft also die, die sich dem Geiste des Aufruhrs, dem Sturz der gegebenen Ordnung oder auch nur der Mißachtung geheiligter Eigentumsrechte verschreiben.

3.

Doch nichts bleibt, wie es ist: was geboren wird, trägt schon den Keim des Todes in sich. Während die Arbeiterklasse, diese einstige Feindin privater Produktion, sich in membra disjecta aufzulösen beginnt und das Klassenbewußtsein verschwindet – damit aber auch als privilegiertes Objekt der Repression glücklich entschläft –, verschmelzen die Kapitale über Zentralisierungsprozesse, Zusammenschluß, Beteiligungen der einen an den Geschäften der andern, Kooperation, Fusionen, Kartelle, Verflechtung von Kapital und joint ventures zu einer homogenen Masse aus Tauschwert, zu *Klassenkapital*, das keine Rivalitäten mehr kennt. Und in dem Maße, wie dies geschieht, wird aus feindlichen Brüdern eine in Eintracht lebende Gemeinschaft von Aktionären, die die relative Autonomie des Staatsapparats insofern untergräbt, als sie einer über ihr stehenden objektivierten Gemeinschaftlichkeit nicht mehr bedarf, da sie nunmehr sich selbst als „Klasse für sich" präsentiert. Aus imaginärem Gesamtkapital wird reales Gesamtkapital, eine Société Anonyme höchster Potenz, an der – ausnahmslos – die Kapitalbesitzer anteilsmäßig partizipieren. So sinkt der Staat zu einem bloßen Außenposten herab, ein Verwaltungsorgan, das mehr und mehr dahin tendiert, sich auf das Geschäftliche und sonst nichts zu beschränken. Denn für das Kapital ist alles das Mummenschanz, was über die Profitmaximierung hinausgeht.

4.

Ist einmal eine Klassengesellschaft in das Stadium ihrer scheinbaren Harmonie eingetreten und artikuliert sich die Zerrissenheit dieser Gesellschaft nur mehr in pervertiert-neurotischer Form, dann wird die Wahrnehmung dieser Art Disharmonie, indem sie den moralischen Haushalt zerrüttet, zu einer sprudelnden Quelle geistigen Unmuts, insofern ein Verhalten, das mit der herrschenden Ordnung konform geht, dadurch bis in die tiefsten Tiefen der Seele gekränkt wird, daß sich das Bestehende als Unding erweist. Will man also nicht aus dem moralischen Gleichgewicht fallen, so muß jede Abweichung, die die Ahnung aufkommen läßt, daß es in dieser Idylle nicht zum besten bestellt ist, ausgelöscht werden. Die Obsession, Abnormität auszumerzen, ist einer Klassengesellschaft ganz ohne Klassen zutiefst inhärent. Die Zivilgesellschaft ist nun der Ort, an dem diese Auslöschung statthat.

Denn der Widerwille des Staates, dieses klassischen Zwangsapparats, der aber von dem Augenblick an, wo die Zentralisierungstendenz sich massiv manifestiert, auf ein bloßes Verwaltungsorgan reduziert ist, gegen Repression solcher Harmlosigkeiten, die die kapitalistische Produktion nicht im geringsten berühren, läßt eine Lücke, die nur die Zivilgesellschaft auszufüllen vermag. Sie ist es nun, der die Aufgabe zufällt, jeglichen Akt, der die Gesellschaft, die sich ihrer Zerrissenheit nicht bewußt ist, aus dem Schlaf aufstören würde, im Keim zu erstikken. Die ganze Last der Repression fällt also auf diese.

5.

Der Störenfriede gibt es genug. Ja noch mehr: Jede Gruppe in der Gesellschaft macht sich zum Störenfried einer anderen Gruppe – und natürlich auch umgekehrt. So glaubt die humanitäre Intelligenz, die die Differenz feiert, weil sie diese aus der Ferne ihrer Institute, Ateliers und City-Apartments als exotisch erlebt, die *Ablehnung der Differenz* durch die Menge als Abnormität eliminieren zu müssen, während letztere wieder dieses Vorgehen als Abweichung wahrnimmt, die es ihrerseits gilt, radikal zu vertilgen. Die Gesellschaft selbst arbeitet so der zivilen Repression auf das erfreulichste vor, während der Staat, von allen Seiten bestürmt, den Hütern der nächtlichen Ruhe zu Hilfe zu eilen, mit stoischer Geste jedes Ansinnen in dieser Richtung eisern zurückweist: Wie lächerlich wäre es doch, mit der Wucht des Zwangsapparats gegen Anomalien einzuschreiten, die für das Privateigentum sich als harmlos erweisen.

L'histoire disparue

„... so haben wir, wenn wir die Vergangenheit ... durchlaufen, es nur mit *Gegenwärtigem* zu tun ..."
G.W.F. Hegel, Vorlesungen über die Philosophie der Geschichte

1.

Ein Denker, der seit langem schon als verstaubt gilt, hat das Wesen der Geschichtsauffassung der Doktrinäre der Bourgeoisie auf die kurze Formel gebracht: „Es hat eine Geschichte gegeben, jetzt gibt es keine mehr." Denn, so der Denker unter der Staubschicht, den Wortführern des Bürgertums sind nur zwei Arten von Institutionen bekannt, künstliche und natürliche: die feudalen Institutionen sind künstlich, weil sie nicht bürgerlich sind, die bürgerlichen dagegen natürlich, weil sich in ihrem Rahmen die Erzeugung des Reichtums gemäß ewigen Naturgesetzen vollzieht. Somit hat es eine Geschichte gegeben, weil feudale Institutionen bestanden, jetzt aber gibt es keine mehr, weil bürgerliche bestehen. Die Geschichte hat sich erfüllt, indem sie die Beziehungen der Subjekte untereinander glücklich auf die zwischen Waren verkürzt hat. Der Weltgeist findet sich selbst – im Fabriksystem des Ricardo.

„Es hat eine Geschichte gegeben, jetzt gibt es keine mehr." Das ist das Credo einer triumphierenden Klasse, die ihren Feind soeben geschlagen und für immer als Feind ausgelöscht hat.

Der Tenor der Doktrinäre der Bourgeoisie lautet heute dagegen: „Es hat nie eine Geschichte gegeben." Wie, eine Klasse, die den Feind, den *sie selbst* hervorgebracht hat, in die Knie zwang, die ihm das Lebenslicht ausblies, sollte sich plötzlich in Bescheidenheit üben? Das erscheint auf den ersten Blick als ein Rätsel. Doch so rätselhaft ist es nun wieder nicht, sieht man ein zweites Mal hin.

2.

Vergangene Arbeit, genauer: in Produktionsmitteln vergegenständlichte Arbeit, ist für die Produktion, wie jedes Kind weiß, unerläßlich: Kein Ding, kein Gut, kein Gebrauchsgegenstand kann hervorgebracht werden, ohne daß man sich entsprechender Arbeitsmittel bedient, ohne Geräte, Werkzeuge, Instrumente oder Maschinen, und noch weniger ohne Arbeitsmaterial, seien es Hilfsstoffe, seien es Rohstoffe. Die frühere Arbeit geht also in den Gebrauchswert der Güter als Substanz ebenso ein wie die lebendige Arbeit, die sich, vermittelt durch jene, im Arbeitsprozeß konkretisiert. Gebrauchswerte treten nur dann in die Welt, wenn sich flüssige Arbeit mit geronnener Arbeit verbindet. Mit anderen Worten: die vergangene Arbeit, als Arbeitssubstanz, findet sich wieder in den Produkten der lebendigen Arbeit: sie wird von jener auf diese weitergegeben. In einem Rock, einem Kleid, einem Mantel ist nicht nur die Arbeit des Schneiders objektiviert, sondern desgleichen auch die des Webers und Spinners. Innerhalb eines Systems, das Waren hervorbringt, stellt sich das so dar, daß der Wert der Produktionsmittel in den Warenwert eingeht und in dem Preis, der für die betreffende Ware erzielt wird, an den Produzenten der Ware zurückkehrt. Er geht nicht verloren, er wird als solcher bewahrt, indem seine Trägersubstanz *verarbeitet* wird. – Indem frühere Arbeit produktiv konsumiert wird, wird sie als Arbeit erhalten.

3.

Da es ohne Mittel zur Produktion, wie wir sahen, keine Gebrauchswerte gibt, beruht der Ausstoß der gesamten Produktionstätigkeit innerhalb eines bestimmten Abschnitts der Zeit auf *vergangener* Arbeit. Was ergibt sich daraus? Man wird es sehen, wenn man die Dinge ihrer Hülle entkleidet und nur das nackte Skelett (das freilich wenig einladend aussieht) betrachtet. Das Modell, das uns Aufschluß zu geben verspricht, präsentiert sich in seiner Nacktheit wie folgt: Der Einfachheit halber nehmen wir an, daß in einer gegebenen Produktionsperiode sowohl die Produktionsmittel wie auch die Konsumtionsmittel *für die nächstfolgende* Produktionsperiode hervorgebracht werden; das heißt, daß man die Güter, die man in der einen Periode erzeugt, erst in der darauffolgenden (konsumtiv oder produktiv) konsumiert, während das, was in jener Periode verbraucht wird, in der unmittelbar vorhergehenden produziert worden ist. So wird die Ernte des Vorjahrs im laufenden Jahr dem Konsum zugeführt, während das Produkt der Arbeit des heurigen Jahres erst ein Jahr später konsumiert werden kann.

Die erste Phase übermittelt also der zweiten ein gewisses Quantum an Mitteln zur Produktion, die, sagen wir, a Arbeitsstunden enthalten, sowie ein gewisses Quantum an Gebrauchsgegenständen im engeren Sinn, die b Arbeitsstunden enthalten. Die so übermittelten Güter werden in Phase 2 vollständig aufgezehrt, entweder produktiv oder konsumtiv; sie werden „physisch" vernichtet, sodaß ihr Gebrauchswert für immer verlorengeht: sie werden zu Abfall, zu Müll.

Um in der dritten Produktionsperiode den Prozeß von neuem beginnen zu können (wir sehen hier ab von Akkumulation und Produktivkraftentfaltung), müssen am Ende der zweiten Produktionsperiode Produktionsmittel (die a Arbeitsstunden repräsentieren) und Konsumtionsmittel (die b Arbeitsstunden repräsentieren) produziert worden sein. Was in Periode 2 dem Verbrauch dient, das wurde in Periode 1 hergestellt; in Periode 2 werden andererseits die Produktions- und Konsumtionsmittel für die dritte Periode geschaffen.

In Phase 2 wird das Produkt von a + b Arbeitsstunden „physisch" vernichtet; zugleich aber werden Produkte im Betrag von a + b Stunden erneut für den produktiven und konsumtiven Konsum produziert. Es hat so den Anschein, als ob die vergangene Arbeit gänzlich verschwände, während das, was für die nächstfolgende Phase bereitgestellt wird, in Phase 2 hervorgebracht würde.

Dem ist aber keineswegs so: Wir haben oben gesehen, daß die Arbeit, die in den Produktionsmitteln, die der ersten Phase entstammen, auf die Produkte der Phase 2 übergeht; diese Produkte enthalten demnach aktuelle *und* präexistierende Arbeit. Was neu hinzugefügt wurde, ist Arbeit zum Betrag von b Arbeitsstunden; in der zweiten Produktionsperiode werden also Güter verzehrt, die a + b Stunden enthalten, es werden aber nur b Arbeitsstunden geliefert.

Was geschieht mit der Arbeitssubstanz, die sich in den Produktionsmitteln objektiviert? Sofern sie schlußendlich in

Konsumgüter eingeht (wie die Arbeit des Spinners und Webers) wird sie früher oder später „vernichtet". Aber ein Teil der vergangenen Arbeit, die Produktionsmittel repräsentiert (genauer: Produktionsmittel zur Produktion von Produktionsmitteln), geht nie in Konsumtionsmittel ein. Jene enthalten immer Arbeitssubstanz, die, obzwar der Gegenstand selbst dem Verschleiß unterliegt, nicht „zerstört" wird, sondern sich immer wieder von neuem auf zukünftige Mittel zur Produktion überträgt: Arbeit, die vergangene Zeit überdauert.

Dieses Quantum an Arbeitssubstanz gibt das eine Geschlecht dem anderen weiter, und dieses wieder dem nächsten: es bildet den Grundstock der Produktion einer jeden Epoche. Und da jede Zeit – der Tendenz nach – die Produktionsgrundlagen erweitert, häuft sich diese Art Arbeit beständig, sodaß jedes neue Geschlecht auf Arbeit zurückgreift, die auf (fast) jede frühere Ära zurückgeht.

4.

Wir zehren also noch heute von den Früchten der Arbeit der Vorwelt. Es ist, als ob, wenn wir produzieren und konsumieren, längst verstorbene Menschen neben uns stünden, zeitgenössische Tote, die nicht, wie es auf den ersten Blick scheint, sich im Dunkel der Zeiten verloren. Die Geschichte ist auch in diesem Sinn nur der aktuelle Moment, in dem sich die vergangene Zeit zum Augenblick der Jetztzeit verdichtet.

Unerfreulicherweise sind die Weisen der Produktion, die die Geschichte verzeichnet, durch unschöne Dinge entstellt: Sie sind behaftet mit dem Makel der Knechtschaft. Indem wir uns also des Fonds vergangener Arbeit bedienen, nehmen wir teil, ob wir es wollen oder auch nicht, an den Herrschaftsverhältnissen längst vergangener Tage. Indem wir unseren Lebensprozeß auf unsere Weise gestalten, greifen wir auf tote Arbeit zurück, auf den Niederschlag einer Betätigungsweise, die im Rahmen von Produktionsverhältnissen erfolgte, in denen die, die sich mühten, als Sklaven, Unfreie oder Eigentumslose, bestimmt, ihre Arbeitskraft zu verkaufen, ihren Schweiß in Produkte umsetzen mußten. Die Arbeitssubstanz, die sich in Form von Mitteln zur Produktion über die Zeiten hinweg konserviert, stellt so die *Gegenwart* sämtlicher früherer Herrschafts- und Knechtschaftsverhältnisse her, sodaß wir, indem wir nichtsahnend leben, zu jenen uns de facto als „herrschende Klasse" verhalten.

5.

Neutralisiert kann dieses Herrschaftsverhältnis gegenüber den früheren Zeiten nur insofern werden, als wir unsere eigene Arbeit an die Nachwelt vermitteln, daß wir uns also zu Knechten *anderer* machen. Denn indem jede Zeit überliefert, erntet sie nicht nur die Früchte, sondern sie sät auch den Samen.

In dem Augenblick aber, wo die Produktivkraft der Arbeit sich in eine Destruktivkraft verwandelt, wird die Saat zu einem schleichenden Gift. Nicht ist es uns nun mehr vergönnt, dadurch uns reinzuwaschen, daß wir unsererseits als Erbe Mühe und Schweiß hinterlassen. Wie auch könnte man einen Freispruch erlangen, wenn man Pandoras Büchse verschenkt? Mit anderen Worten: Unser Dasein wird parasitär.

Um dem zu entgehen, dem Bewußtsein, eine Last auf den Schultern zu tragen, die man nicht abschütteln kann, muß die Geschichte ausgelöscht werden. Sie ist unerträglich geworden, sie muß mit Haut und Haaren verschwinden. Das Bewußtsein der Bürger entledigt sich so der Geschichte, und eben deswegen beschäftigt es sich mit *Vergangenheit*: dem ewigen Wandel des Gleichen.

Die Symptome dafür erkennt man, wie sollte es anders auch sein, in den Geschichten der Geschichtenerzähler: Schon verfassen sie eine Geschichte des Schlafrocks, des Besenstiels und der Nase. Unermüdlich und rastlos degradiert der antiquarische Eifer die Geschichte zu einem exotischen Ort in der Ferne, einem nichtigen *Anderswo*, dem man den Stellenwert eines touristischen Ausflugsziels beimißt. Die Geschichte des Elends läuft so – auf das *Elend der Geschichte* hinaus.

Das Zeitalter der Farce

„... denn das Lächerliche entspringt oft aus dem Zusammentreffen entgegengesetzter Eigenschaften. Ein gravitätisches Tier bringt Sie zum Lachen, weil es ein Tier ist und doch ein würdiges Gehaben zur Schau trägt."
D. Diderot, Salon von 1765

1.

Was für Personen und Tatsachen gilt, das gilt nicht weniger auch für Epochen. Sie machen zwei Phasen durch: eine tragische Phase und eine Phase der Farce. Es ist wie im antiken Theater: auf die Tragödie folgt stets ein Satyrspiel, das die Zuschauer heiter in die Welt der Sklavenhalter und Sklaven entläßt.

Keine Epoche davor scheint jedoch mehr darauf versessen gewesen zu sein, so sehr vernarrt, uns diesen Gedanken nahezulegen, als die heroische Ära, die die unsere ist: die des Geschäfts, das synthetische Zeitalter der Produktion und Verteilung von Waren.

2.

Hervorgekrochen aus dem Bauch der feudalen Gesellschaft, gezeugt durch den Luxus der herrschenden Klassen, der Grundherrn, Fürsten und Mönche, deren Verschwendungssucht die Bourgeoisie überallhin in die Ferne, selbst über die Meere hinaustrieb, an deren Gestaden sie sich mit feinen Geweben, Spezereien und tropischen Früchten versorgte, die sie mit passablem Profit an die Höfe, Burgen und Klöster verkaufte, um so nach und nach abstrakt-handfesten Reichtum zu akkumulieren, der sie zu einer realen Kraft im Gefüge des Alten Regimes werden ließ, hat diese Schicht, der Träger des Tauschwerts, mehr im Bündnis mit als gegen die Krone im Laufe der Zeit Bastionen erobert, von denen aus sie, als die Zeit dafür reif war, das morsche Kastell der alten Gesellschaft zerstörte, um auf den Trümmern der Grundherrschaft und der ständischen Ordnung Fabriken und Werke, die modernen Wunder der Welt, zu errichten.

Hat sich aber einmal die Bourgeoisie in einem wahrhaft revolutionären Gewaltakt mitten im Körper der Produktion eingenistet, den sie bis dato nur von außen beherrschte, so kann sie nicht anders, als die Produktivkraft der Arbeit ins Ungeahnte zu steigern, ein Verfahren, das ihr nicht nur höheren Mehrwert beschert, sondern auch – durch die unwiderstehliche Kraft gesteigerter Konkurrenzfähigkeit – breiteste Schichten von einstmals selbständig werkenden ländlichen oder städtischen Kleinproduzenten ruiniert und dem Untergang preisgibt, womit sie eine Klasse von Besitzlosen schafft, die ihr als Rekrutierungsfeld von für Lohn zu mietenden Arbeitern dient, deren sie in stets wachsendem Ausmaß bedarf. Die Begierde nach Mehrwert zeugt somit auch in Massen die Ware, deren produktiver Konsum den Mehrwert erzeugt.

3.

Diese Klasse von lebendigen Toten, ihrer Produktions- und Lebensmittel beraubt, gezwungen, die einzige Habe, die ihnen gnädigerweise verblieb, ihre Arbeitskraft, zu verkaufen, um ihr kärgliches Dasein fristen zu können, diese Klasse vom Tauschwert Verfluchter, die in den Kreisen einer irdischen Hölle mehr Gestank, Hitze und Mühsal erdulden, als die Phantasie eines Dichters sich je hätte ausmalen können, schafft aber auch, indem sie den Reichtum der Gesellschaft vermehrt, die Mittel und Wege, die leidigen Fesseln zu lösen, die sie an Umstände kettet, in denen der Mensch sich dem Tauschwert, dem Reichtum als Reichtum, direkt oder auch indirekt unterwirft. Nicht nur, daß ihr elendes Dasein sie in schroffen Gegensatz zur Bourgeoisie bringen mußte, nicht nur, daß ihre Reihen im Rhythmus der Akkumulation und der Eroberung neuer Anlagesphären wie Gebirgsbäche anschwellen sollten, die Kooperation der Großen Fabrik und die Disziplinierung durch die Maschine befähigte sie darüberhinaus, sich als kollektiv handelnder Körper zu konstituieren: als eine Macht, die dem sich selbst verwertenden Wert und dem Staatsapparat, seinem verlängerten Arm, durchaus die Stirn bieten konnte. Anfangs nur dumpf und in blinder Verzweiflung, die sich unterschiedslos gegen alles das kehrt, was an die Neue Ordnung gemahnt, gewinnt sie in dem Ausmaß Konturen, wie sie sich ihrer Lage bewußt wird, wie sie begreift, daß die Bourgeoisie, indem sie der Produktion gesellschaftlichen Charakter verleiht, ihre Daseinsberechtigung selbst untergräbt und die Handhabe bietet, sie von dem Sockel der Mehrwertaneignung zu stürzen – dem Privateigentum.

So nahm der Klassenkrieg seinen Lauf, bald heimlich, versteckt, bald offen und unmittelbar, mit all den dramatischen Zügen – Krisen, Niederlagen, Verrat –, die selbst im nachhinein „Furcht und Mitleid" erregen.

4.

Doch dieser Krieg ist heute vorbei. Anstelle der Feindschaft ist die Versöhnung getreten, die, wie jede Versöhnung ungleicher Teile, als Unterwerfung des einen unter den andren erscheint. Die proletarische Klasse ist assimiliert, sie denkt nicht daran, die Herrschaft des Kapitals zu bestreiten: Jahrzehntelang schutzlos der Stabilität und Prosperität ausgeliefert, die gemeinsames Vorgehen nicht mehr unbedingt notwendig machte, um im Lebensprozeß bestehen zu können, zog sie sich mehr und mehr in die Privatheit zurück, nur um dort unvermittelt sich mit der leidigen Last einer Freizeit befrachtet zu sehen, die – privat wie sie war – sie nur mit den Verhaltensmodellen der Bourgeoisie ausfüllen konnte. Diese Verhaltensweisen jedoch kollidieren mit einem Klassenbewußtsein, das auf die Zerstörung des Tauschwerts hinausläuft, den eben diese Modelle zur Voraussetzung haben. Nicht zu versöhnen, muß schließlich eines von beiden die Bühne verlassen. – Von dem, das sich nicht vereinbaren läßt, geht aber immer der schwächere Part, in diesem Fall das Bewußtsein.

Zufrieden und glücklich im phantastischen Glauben, „Bürger" zu sein, gleich unter Gleichen, genießt man somit in seiner Hilflosigkeit, was der Verkauf der Arbeitskraft einbringt, und gibt, nach der christlichen Regel, der Bourgeoisie, was ihr zukommt. So sind alle vereint im Bestreben, an dem festzuhalten, was sich, in der Erscheinung, als wohltuend für alle erweist.

5.

Freilich brauen sich über dieser Idylle düstere Wolken zusammen: Untergräbt auch das Kapital nicht mehr die Lebenssubstanz des Arbeiters selbst, so doch mehr und mehr die natürlichen Lebensgrundlagen, dergestalt, daß die entfesselte Produktionstätigkeit Luft, Erde und Wasser erschöpft und kontaminiert. Die Produktivkraft der Arbeit ist unter der Hand und im Zeichen des Tauschwerts zu einer Destruktionskraft geworden, deren Zerstörungspotential nicht nur mit dem Wachstum der Warenwelt Schritt hält, sondern dieses bereits überflügelt.

Aufgeschreckt durch die Folgen der Gier, befleißigt man sich, der Verderbnis Schranken zu setzen, der ideologische Nebel jedoch, der die Gier, den Wachstumstrieb, einhüllt, ein Trieb, der dem Kapital, dessen Lebensgesetz in der Vermehrung des Tauschwerts besteht, inhärent ist, dieser Nebel jedoch raubt allen die Sicht, sodaß sich die „Rettung der Umwelt" in die Bekämpfung der Symptome verbeißt, anstatt das Übel an der Wurzel zu packen.

So löst die Farce die Tragödie ab. Die Ernsthaftigkeit aber, mit der man nichtswürdig auftritt, verwandelt das tragische Schauspiel von einst vollends in eine grotesk-komische Posse. *Warum dieser Gang der Geschichte?* – Wer weiß, vielleicht nur, damit die, die *auf der Bühne* nicht mitspielen wollen, heiter von ihrer Einbildung scheiden?